超煩少女比結絲 1

誰來拯救我的超人生活！

作繪　蘇菲・翰恩（Sophy Henn）

譯者　周怡伶

獻給我最 super
的老朋友
喬和莉芙

導讀與推薦

如果說想像力就是超能力，當有一天你具有超能力時，你想要擁有什麼超能力呢？

超煩少女比結絲是一本圖文故事，故事中有各種能力的超級英雄和不同特質的平凡人。當有了超能力，就必須運用超能力來保護世界和宇宙。一般人羨慕著超人擁有超能力，但透過這本書可以讓孩子們思考：自己想具有超能力來拯救地球嗎？像比結絲一樣有沒有什麼生活上的不便？或許會感受到「能力愈強，責任愈大」這句話。故事中精彩的情節可以觸發讀者對於「能力與責任」這件事的想法。

此外，書中有許多不同人物的特寫鏡頭，例如青筋暴怒的皮佛先生，有著怒髮衝冠的髮型，怒火沖天的鼻孔，漲紅的臉和四濺的口水。透過這些畫面可以讓孩子練習人物細節描寫。

想想看，我們如果不靠超能力，也能很 Super，也能拯救公園、保護世界，是不是很 Cool！趕緊翻開書本，跟著比結絲一起解決問題，讓世界更美好；同時透過閱讀，寫作時讓人物描寫更生動鮮明！

超煩少女，讓你擁有寫作超能力，解決生活煩惱事！

邱怡雯
教育部閱讀推手

作爲超級英雄，超棒！但要做英雄又要做青少女，超煩！

擁有超能力，超棒！但這個超能力卻有點丟臉，超煩！

比結絲跟每位正在經歷「登大人」尷尬期的青少年、少女一樣，明明自顧不暇，還得常常放下手邊做到一半的好事、瑣事、正事或不正經的事，跑去拯救世界？

重點是，大家都不曉得比結絲做出的犧牲，尤其站在傑出的超級英雄家人身邊，她就更不酷了……這種不怎麼酷的情況，還倒楣的蔓延到了她的校園生活，不但交不到朋友，還被學校裡的高光少女們排擠。啊，眞的超煩！

這是獻給身懷各式超能力、但日子卻過得不太順利的年輕讀者們，一本超能寫實鉅作！它告訴我們：成長路上，你並不孤單，生活中所有的問題和壓力，都能靠一個白眼紓解，如果不夠，那就翻兩個吧！然而別忘了，這些煩惱你也能和比結絲一樣，一一克服與度過喔。

許伯琴

「我們家的睡前故事」親子共讀頻道主持人

為你介紹：超級英雄……
我媽
AKA 原子女
我爸
AKA 礦石男
討厭的
妹妹
AKA 小紅
小紅龍
汪達
$\frac{1}{2}$狗，$\frac{1}{2}$電話

外婆
外公
光束
火球
火龘姑姑
她真的超——酷
大大大大大大力叔叔
淘氣鼻鼻
奶奶
我的祕密
壞蛋朋友
卡波
暴怒姑姑
喔噢

……還有，正常人
湯姆
蘇西
我以前
學校的
好朋友

校園風雲人物
瑟琳娜
艾德
茉莉
艾茵

1

關於我……

好的。

我現在 9 又 $\frac{1}{4}$ 歲，快要 9 歲半了。

我叫**比結絲**。

對，你沒聽錯。我就叫

比結絲

沒錯。這名字超尷尬。

我本人也覺得這不像是個名字，但是，就跟我身邊很多事情一樣，好像沒人在乎我怎麼想。

有**比結絲**這種可笑的名字，我應該是個魔術師或**搖滾明星**，或是一種**很臭的香水**。不過，以上都不是。

其實，我是個超人。不是超級聰明的意思，也不是超厲害或超棒。我真的是一個**超人**，就是超級英雄那種具有超能力的超人。

所以，我必須穿著特殊服裝，而這件衣服有個討厭的地方，就是披風。它真的很累贅，老是拖在腳邊，不是沾到地上的積水、就是被門縫夾住，但是，我還是必須穿著它，

一直

穿著。

不是只有冷的時候。

……而且，我那可笑的名字（你該不會猜不出來我討厭這個名字吧），就寫在披風上，字體**超大**，而且亮晶晶的。

真是 Super。

翻白眼
結絲

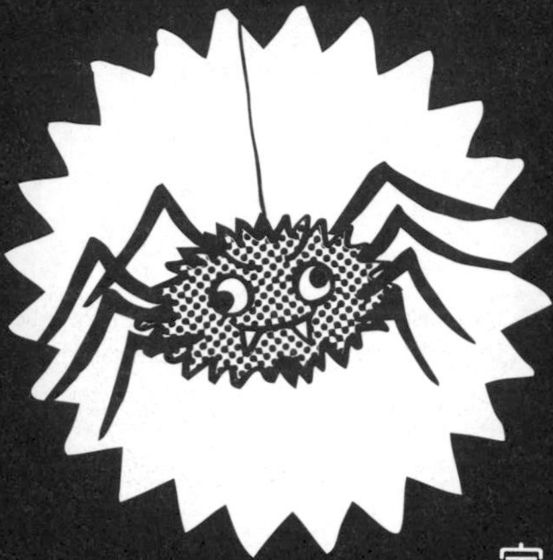

我家族裡每一個人都是**超級英雄**。超人通常都是這樣來的。但也不一定啦，有時候會發生怪胎意外，可能在實驗室，或是詭異的天氣或昆蟲、或偶發的千禧年事件，導致一般人竟然能夠爬上玻璃帷幕大樓、製造閃電、

或是跳得很高很高、或是突然用粗啞的聲音說話。但是，超人大多數來自**超級英雄家族**，就是親戚家人都會飛之類的。如果你是我，你可能會覺得奇怪，為什麼對「身為超人」這件事，並不像家人一樣感到開心。

全家我最討厭的人，就是我妹妹。她是**超級英雄**＋**啦啦隊員**＋什麼都很會，的那種人。噢，我是不是忘記說，她無時無刻都很開心。她真的就是那樣。

而且，她不像我有個怪名字。她的名字很酷，超級英雄的酷名——**小紅龍**。

光是這一點我就知道，我爸媽偏心她。我都叫她**小紅**，因為如果你只是想叫某人把遙控器遞過來、或是拿個零食、甚至**要她滾**，叫「小紅龍」就很拗口。

第一天上幼兒園

第一次參加學校運動會

第一次參加學校戲劇表演

你懂我意思了吧？

不過，她絕對**不准**叫我**結絲**。我心情不錯的時候，她可以叫我**小比**，不過因為她不太確定我什麼時候心情不錯，老實說我自己也不太確定，所以通常她就叫我**比結絲**。我妹的名字是**小紅龍**，當然她的超能力就是會吐火，這真的很有用，不只是因為可以打敗壞人，烤肉時也很有用，還有點生日蛋糕的蠟燭。她也會

超高速移動，我是覺得這一點還不錯啦。她的超能力都比我的酷。我的**超能力**是最不酷的，其實有時候我甚至想讓那些壞蛋贏，這樣我就不必再使用我的超能力。沒錯，就是這麼尷尬。總之，這部分我現在就先不說了。

一切都**非常**不公平。

以前……

大概幾百萬年前，我**爸媽**算是超級有名，因為他們救了全世界無數次。但是這幾年，他們有什麼事都叫我跟**小紅**去做，像是阻擋火箭啦、調整偏離軌道的行星啦、把髒碗盤裝進洗碗機之類的，簡直就是把我們當女僕。

如果你覺得，運動會賽跑時爸媽站在跑道旁邊為你加油，讓你很難為情，那你要不要想想看，我和我那討厭的妹妹，施展**乾坤大挪移**，把一顆行星大小的流星推離撞地球的路徑時，而爸媽在旁邊拍手加油。是啦。最好不會有壓力喔。

更糟的是，不是只有我家四口怪得尷尬而已。跟你說，我整個家族都是這樣……

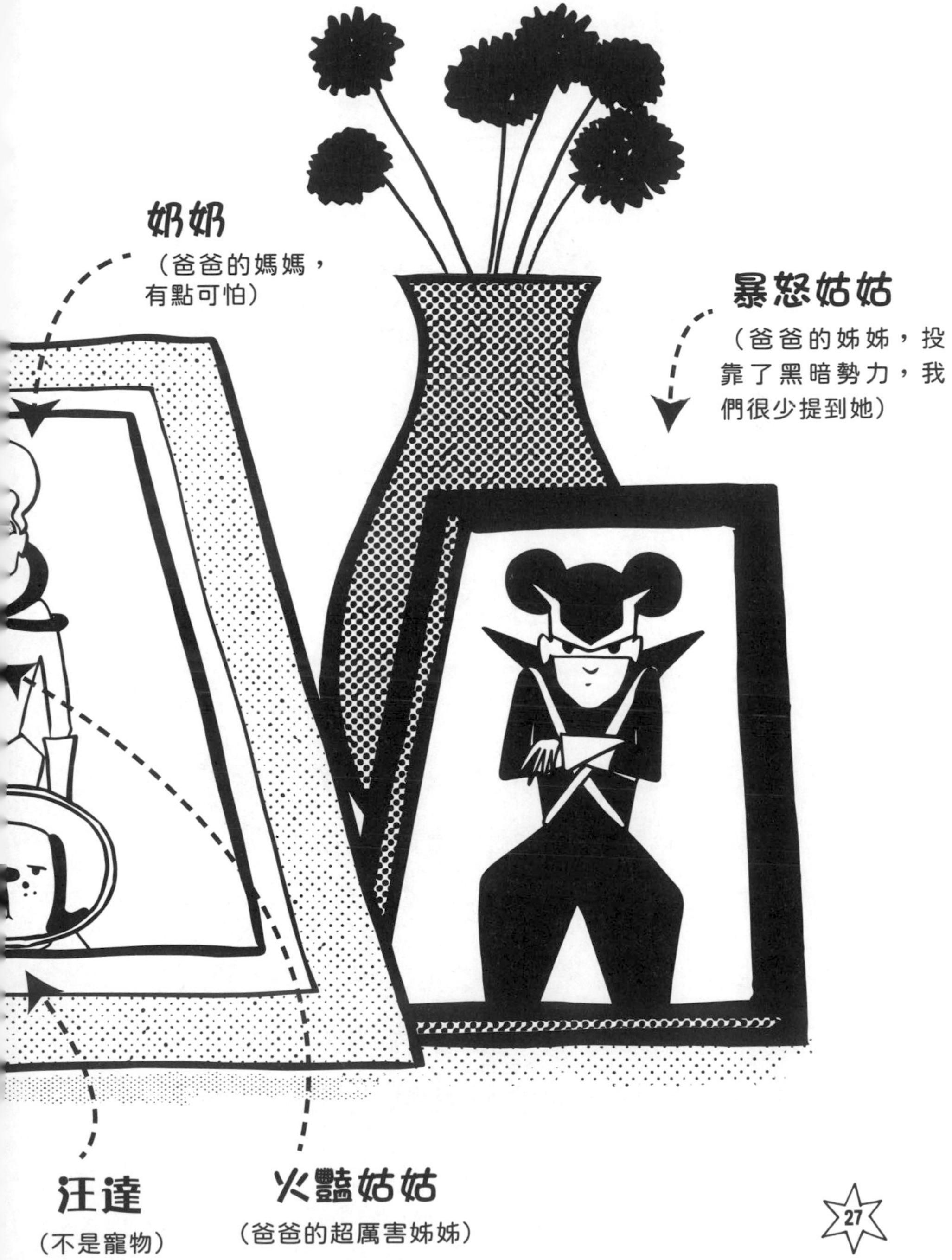
奶奶
（爸爸的媽媽，有點可怕）
暴怒姑姑
（爸爸的姊姊，投靠了黑暗勢力，我們很少提到她）
汪達
（不是寵物）
火豔姑姑
（爸爸的超厲害姊姊）

而且……

我家有一隻狗。她其實不是寵物，她比較像一個愛指使人的主子，只是長了四條腿、有尾巴、耳朵下垂而已。你無論丟出什麼，她就是會忍不住去追。我們叫她**汪達**，那是她的名字。她是從「任務指揮中心」來到我們家的，基本上那裡就是負責分配哪個超人什麼時候要去哪裡拯救什麼。我們跟任務指揮中心聯絡，並不是像一般正常人一樣用電話，而是透過這隻狗收發訊息，而且這個收發器就住在我家、看著我們一家大小。雖然這樣真的很尷尬又超怪的，但是大多數時候都還算運作正常，不過，現在**汪達**絕對**不准參加**任何任務。因為，我爸有一次處理一顆讓人**超級發癢的粉末炸彈**，在爆炸之前丟到外太空，但是**汪達**卻衝出去把它叼回來，然後就剛好爆炸，害我們全家都**癢了一輩子那麼久。**（沒有真的一輩子啦，但是大概癢了一個月吧。）

閃光

我家還有兩隻天竺鼠——應該說，我有一隻、**小紅**有一隻。她們就真的是寵物，只會做一般天竺鼠會做的事，不過她們還是很super。不是超人那種 super，是好棒棒那種 super！我的天竺鼠叫做**巴樂**。取名字的時候，我不知道她是女生，不過這個名字還是很適合她，而且我覺得她喜歡這個名字，所以就這樣吧。

小紅的天竺鼠叫做**閃光**，她就跟小紅一樣討厭，她們兩個老是衝過來衝過去，好像在做什麼不得了的事，基本上就是愛現。巴樂比較像我，我們是一派輕鬆型的。我們都喜歡睡飽、吃飽。而且我們喜歡同樣的零食：蝦子口味的洋芋片。嗯——好吃。

大部分的人好像認為，當個超級英雄一定很棒。這些人都想錯了。你應該猜得到，我並不是特別熱愛當個超人，但是，確實有一些好處。不多，就是一些而已。

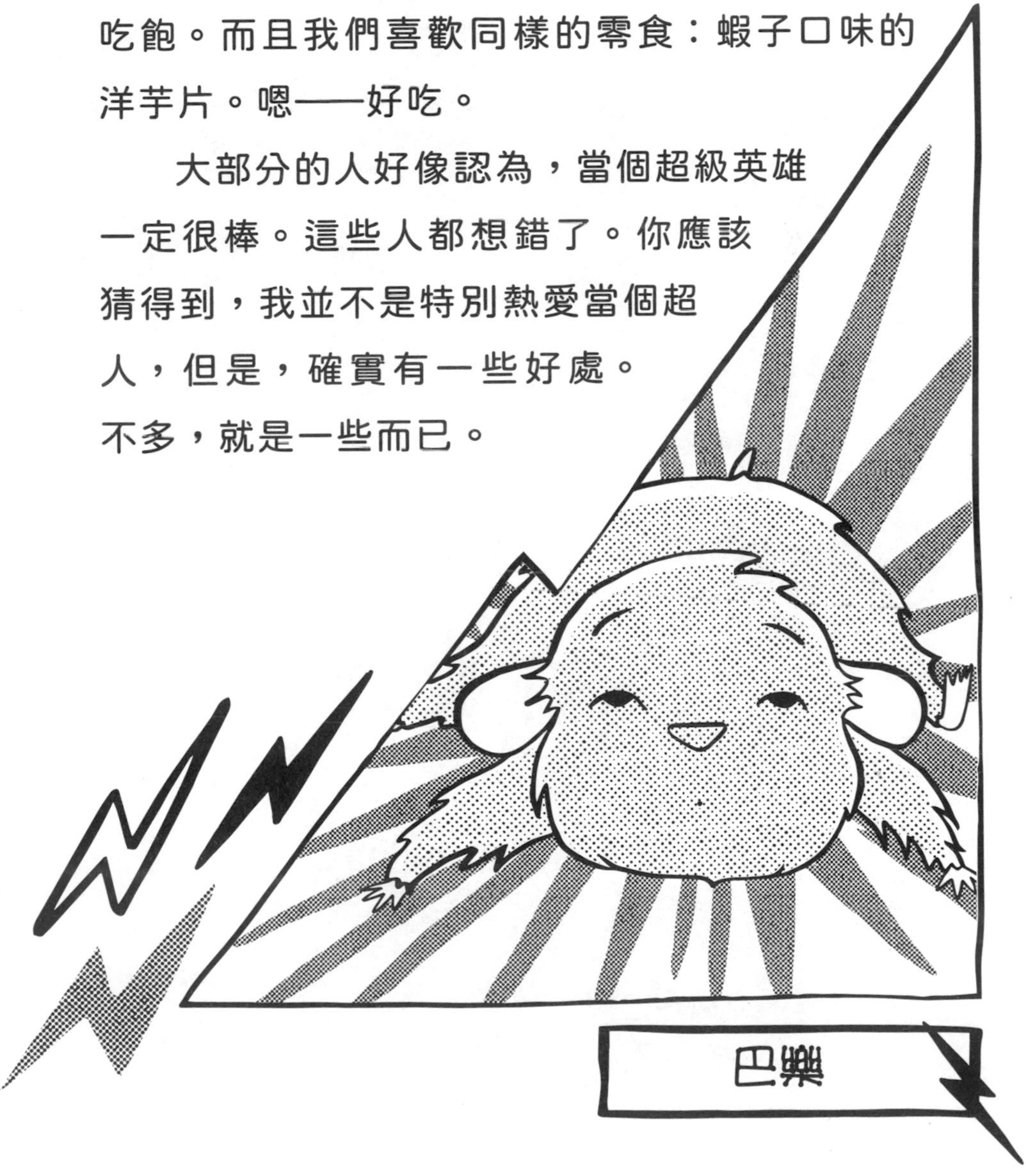

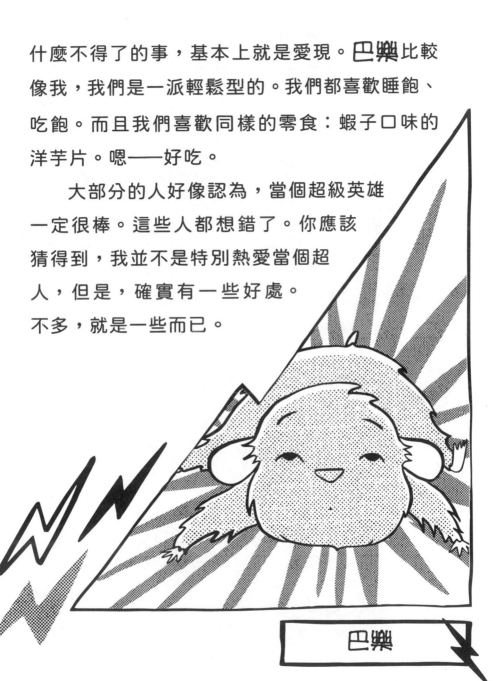

超級
SUP
的事情……

ER...

❶ 飛……

這顯然是一件很棒的事*，

並不是所有超級英雄都會飛，像我妹就不會。

哇哈哈哈哈哈哈。

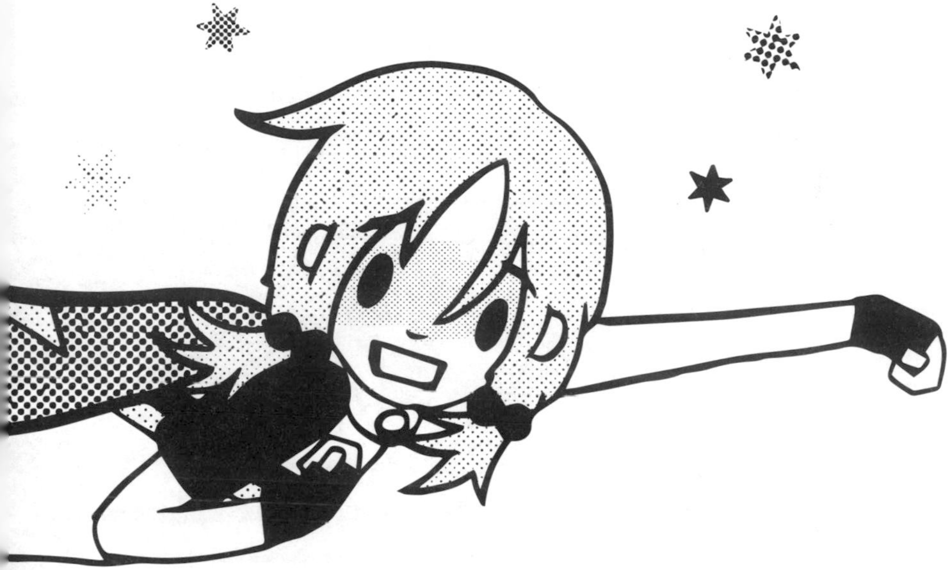

*飛吧！

飛起來！

❷ 全家族都是超級英雄，而且都在關注著你……

雖然我說全家族，但是莎拉舅媽不是超級英雄。

莎拉舅媽
她很super，
但不是超人那種
super。

莎拉舅媽雖然不是超人，但是我媽說，應該要頒給她一面獎牌，因為她能忍受**淘氣舅舅**。我媽說的沒錯。

另外，家族裡還有一個**暴怒姑姑**，其實我不能談她，因為她現在**變壞了！！！**噓。

❸ 擁有超能力……

通常是一件好事，尤其你的能力是

超級神速

或

超級有力

或 雷射眼

……這個超能力可以穿透人，甚至是建築物，但如果你是我，擁有全宇宙最糟糕、最令人尷尬的超能力，那它絕對會被歸類在下一頁……

不太SUP的事情……

ER...

一點都不 SUPER!!!

身為超級英雄，還有很多很多很多煩人的地方。至少我覺得很煩……

❶ 學校……

身為超級英雄，我得要跑來跑去拯救這個世界、某個城鎮或是某隻貓，避免遭受即將發生的危險。雖然如此，我還是得去上學，這樣我是不是太忙了？！可是**媽媽總是**碎碎念說，課業也要顧，因為有可能所有壞人都決定改過自新，就不需要超人了。這我很懷疑！我認為，無論打敗多少壞蛋，還是有幾百萬個壞蛋排在後面等，不管是用最先進的雷射槍，還是花俏的**臭臭炸彈製造機**，壞蛋總是在找機會大鬧一場。

❷ 我們要一直穿著同樣的服裝……

其實我們有很多件同樣的衣服啦，我們又不是噁心超人。除了**放屁芮拉**之外。她真的很噁心，除了她之外，我們都是很乾淨的。

臭屁！
噗！
噁！

❸ 為了去解救所有人類，常常得要消失……

這一秒鐘我正在選要吃哪種口味的香甜可口冰淇淋——要特濃巧克力豆，還是香蕉巧克力豆，還是太妃糖巧克力豆呢？——下一秒我就得衝去出任務。這樣**真的會**阻礙生活大小事，不只是香甜可口的冰淇淋而已。

身為超人真的是非常無奈，以下是一些例子……

例子 1
正在看一本很棒的書，讀到情節緊要關頭時，
突然……
緊急任務！！！
快去！
快去！
翻白眼
……一個道道地地的大壞蛋，要發動邪惡機器人大軍，肆虐整座城市……
而我必須以雙倍速度衝去阻止他。然後就忘記讀到哪裡了。唉！

例子 2

有個極端邪惡的幕後操縱者，正在謀劃大舉殖民外太空某個無辜的星球。

但是我才剛開始吃晚餐，而且不是普通的晚餐，是我最愛的晚餐——披薩或烤馬鈴薯。
不過還是最喜歡吃披薩。
總之呢，我必須放下披薩，立刻衝去解救那個無辜的星球。
等我回來的時候，披薩已經冷了，邊緣還乾到捲起來（噁——）最後我只能吃優格和香蕉，因為太晚了，大家都累了。

例子 3

有個不安好心的天才，製造出一個巨大的臭臭炸彈，威脅要在英國女王生日宴上引爆炸彈。我呢，本來應該跟朋友出去玩保齡球，卻整個下午都在對付這個壞心天才的邪惡計畫……

而且還被臭酸的汙水潑到……

……花了三個禮拜才洗乾淨。
……累・死・了！

❹ 動不動就消失，真的很難交到朋友。

雖然如此，我有兩個全世界、甚至是全宇宙最要好的朋友，那就是湯姆和蘇西，他們是我在舊學校認識的好朋友。我經常突然就不見了，但他們從來不會生我的氣。他們從來不會覺得我的披風很奇怪，甚至不介意沾在我身上的**臭酸水**。我猜這是因為，我們從小就認識，而他們認識的我一直都是這樣——他們很習慣有一個超級英雄好朋友，名叫**比結絲**。

不過，一切都改變了，因為，我爸媽除了給我一個糟糕的名字、還有那件愚蠢的披風之外，他們決定更進一步**毀掉我的生活**，那就是搬家。而且是搬到一個新城市，這對一個小孩來說本來就已經很不容易了，但是如果你是像我一樣的**超級怪胎**，那絕對更難。每次都要解釋的事情太多太多了。也許我應該直接印在 T 恤上就好。或是印在披風上。

哈，哈。

還有……

5
我必須一直當好人。
就算有時候我並不想。

6
整個地球的存亡，只依靠我一人。
呃，其實不是只有我啦，是我和其他超級英雄，但是有時候其他人在忙別的事，就只剩下我。這時候我就會很擔心。

7
經常希望自己是正常人。
至少我是這樣。

8
擁有超級尷
尬的超能力
而且超級蠢，
我超討厭它。
翻白眼

2

新學校的故事……

我們搬來這個新家，其實沒有那麼糟糕，只是，畢竟不是舊家，而舊家總是**最棒的**。而且，雖然已經轉學整整三個月，但我一個朋友都沒有。

今天晚上我打電話給蘇西。她跟我講所有發生在我以前學校的事情。能聽到大家的消息真好，但是講了一陣子她就得掛電話了，因為我們通話的時候，湯姆來找她，他們要一起去放著熱門音樂的溜冰場。要是我還住在那裡，我也會去，我真的不想嫉妒他們，因為我很愛他們兩個。可是，我現在不住在那裡，所以我不能去，而且我真的覺得嫉妒。我問我媽，我是不是可以飛過去溜幾圈就好，但是她說，除非我已經做完所有功課。我當然還沒做完，因為我剛剛在跟蘇西講電話啊。

我好想念他們。

我也想念播放熱門音樂的溜冰場。

雪上加霜的是，哈瑞絲老師指派了「**校園風雲人物**」其中一個女生當我的「**小夥伴**」——你懂吧，**一個朋友都沒有**的轉學生，老師指派一個同學來照顧你、帶你認識環境。

你不需要具備超視力也想像得到，瑟琳娜被哈瑞絲老師指定為我的小夥伴時，她做了個鬼臉。我得要一直跟著她，這眞的讓我丟臉到爆。尤其是，明明知道她和她那幫**校園風雲人物**，根本就希望我消失。

而且，半夜動不動就會被拖出去出任務，這樣子我怎麼有辦法展現風趣幽默、交到朋友？

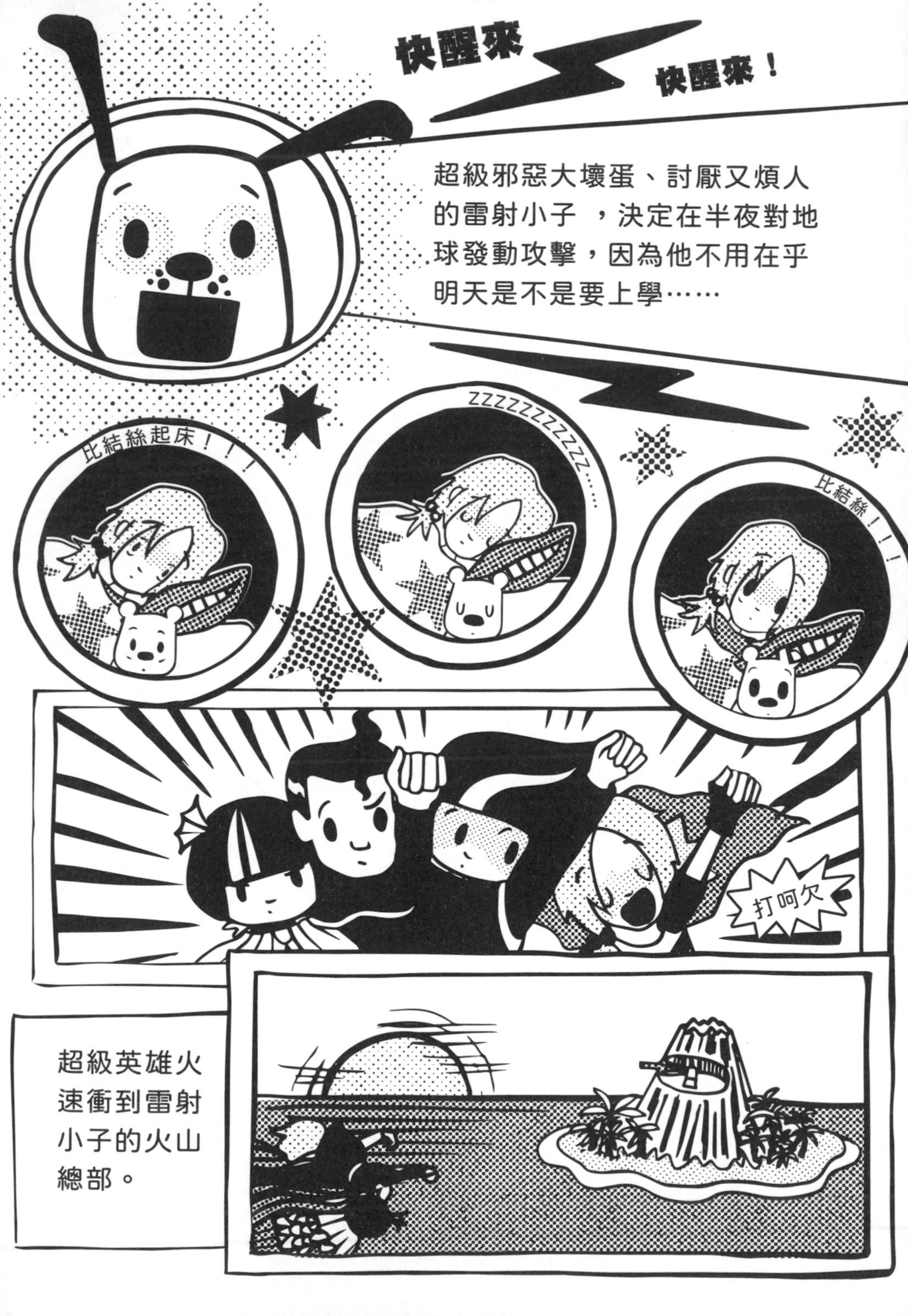
快醒來
快醒來！
超級邪惡大壞蛋、討厭又煩人的雷射小子 ，決定在半夜對地球發動攻擊，因為他不用在乎明天是不是要上學……
比結絲起床！！！
ZZZZZZZZZZZZ……
比結絲！！！
打呵欠
超級英雄火速衝到雷射小子的火山總部。

火山時間早上9點
糟糕！
雷射小子顯然很開心，因為他的超強雷射槍已經設定好摧毀全世界各大城市！！！要怎麼阻止他呢？
這個嘛，只要把雷射出口那段窄管打個結就行了！這種簡簡單單就會被摧毀的計畫，這些壞蛋到底幹得了什麼事？！
唉！
睜大眼睡不著，甚至無法
翻白眼
超級英雄任務完成！雷射小子開始哭喊。真是尷尬啊。

回到家已經清晨六點。但是我還是得去上學，這真的**非常不公平**。我媽說，睡個午覺就好了。午覺？那是小嬰兒或老人、或爸爸在星期天的時候才會做的事吧？我又不是這些人，所以我決定不午睡，這樣**媽媽**才會了解。

放學後……

所以，我很累。整個累壞了，不小心在理化課睡著，還流了一些口水到桌上，所以瑟琳娜更討厭我了。不過開心的是，我終於熬到放學回家。回家之後，我躺在床上、看著天花板放空，這時**小紅**卻衝進來說，十分鐘之後要出門去**外公外婆**家。我滾下床、撞到地板，清醒了一點點——還真有效啊。

碰！

我們現在搬到離**外公外婆**比較近的地方，而搬家正是讓我的人生澈底搞砸的主要原因。可是我媽希望住得離**外公外婆**近一點，這樣可以就近照顧他們，因為他們真的很老了。我跟媽媽說，我們既然有能力在一分鐘之內飛過半個世界，把某個壞蛋的火箭推向外太空，那從舊家飛過去幫**外公**抬一下車子應該不是問題吧。不意外的是，我媽就是不聽。話又說回來，如果為了誰而必須毀掉我的人生，我想，是為了**外公外婆**的話，我還是心甘情願的。

外婆和**外公**已經退休，不再當超級英雄了。我覺得**外婆**應該一點都不想念那個工作，但是**外公**還是想知道現在發生了哪些事情。我最喜歡**外公**的地方就是，他的超能力跟小紅一樣，就是會吐火，不用任何材料、憑空就能弄出一團火。現在他有時候還是會吐火，不過通常是意外。你只要讓他笑得夠用力，他會爆出響屁，但是放出來的是一團小火球。**超級有趣的！**

但**外公外婆**可不覺得有趣，因為他們損失了很多椅子和褲子。而且，如果坐在那間豪華客廳裡的高級沙發上，那就絕對不可以讓**外公**笑。

總之，我們幫忙抬車、一起吃晚餐，我很喜歡去**外公外婆**家，幾乎有點開心我們搬得離他們很近，**直到……**

……那天回家路上，**小紅**滔滔不絕說著新班級、新朋友、被選為班長、得到特別徽章、可以在會議上吃餅乾等等。她實在**太討厭了**，要不是我**累得半死**，我早就從車頂飛出去遠離她了。不過我運用想像力，想像她被關在雷射籠子裡，在很遠很遠的星球上，甚至是一顆沒有名字的星球。這讓我覺得好多了。

小紅就是這樣……我跟在瑟琳娜和那群**校園風雲人物**後面，沒有朋友、沒有人投票給我、沒有得到徽章、沒有餅乾，而她卻馬上澈底融入新學校。她甚至連試都不用試。

好不容易捱到家，我去看巴樂，我跟她說話說了一陣子。我們相信，明天一切都會改變：我會交到真正的朋友、我會選上班長、我會成功、我會吃到免費餅乾。或許吧。巴樂吱吱吱的表示贊同，我們一起上床睡覺。

ZZZzzzzzzzz.

3

完全意料
之外……

隔天……

呃，或許並不是我預計的那樣，一**切**都會改變。我還是沒有眞正的朋友，而且我也沒有成功做到什麼事。其實甚至連一片餅乾都沒吃到，不管是免費的還是怎樣。但是，在班長競選名單上，我把我的名字寫上去了。我認為這是往對的方向邁出堅定的一步。如果**小紅**可以做到，那我沒有道理做不到，而且，名單上除了我之外的名字只有兩個。其中一個是莎拉沃頓，她是上通天文、下通地理，最得老師歡心、又愛打小報告的那種人。另一個是瑞奇歐文。我根本不相信是他自己把名字寫在名單上的，因為他幾乎都沒來上課，就算有來也沒在聽。要代表大象班的需求跟關注，他絕對不是個好人選。而我是個眞正的超級英雄，所以我應該可以做這件事吧？甚至做得很好？

放學回家之後，我打電話給湯姆。他認同我的想法。看來我可以當上班長了。

班長競選名單
莎拉沃頓
瑞奇歐文
比結絲
全校漫畫比賽

但是，結果……

我沒選上班長。

我得票第三名。

唉

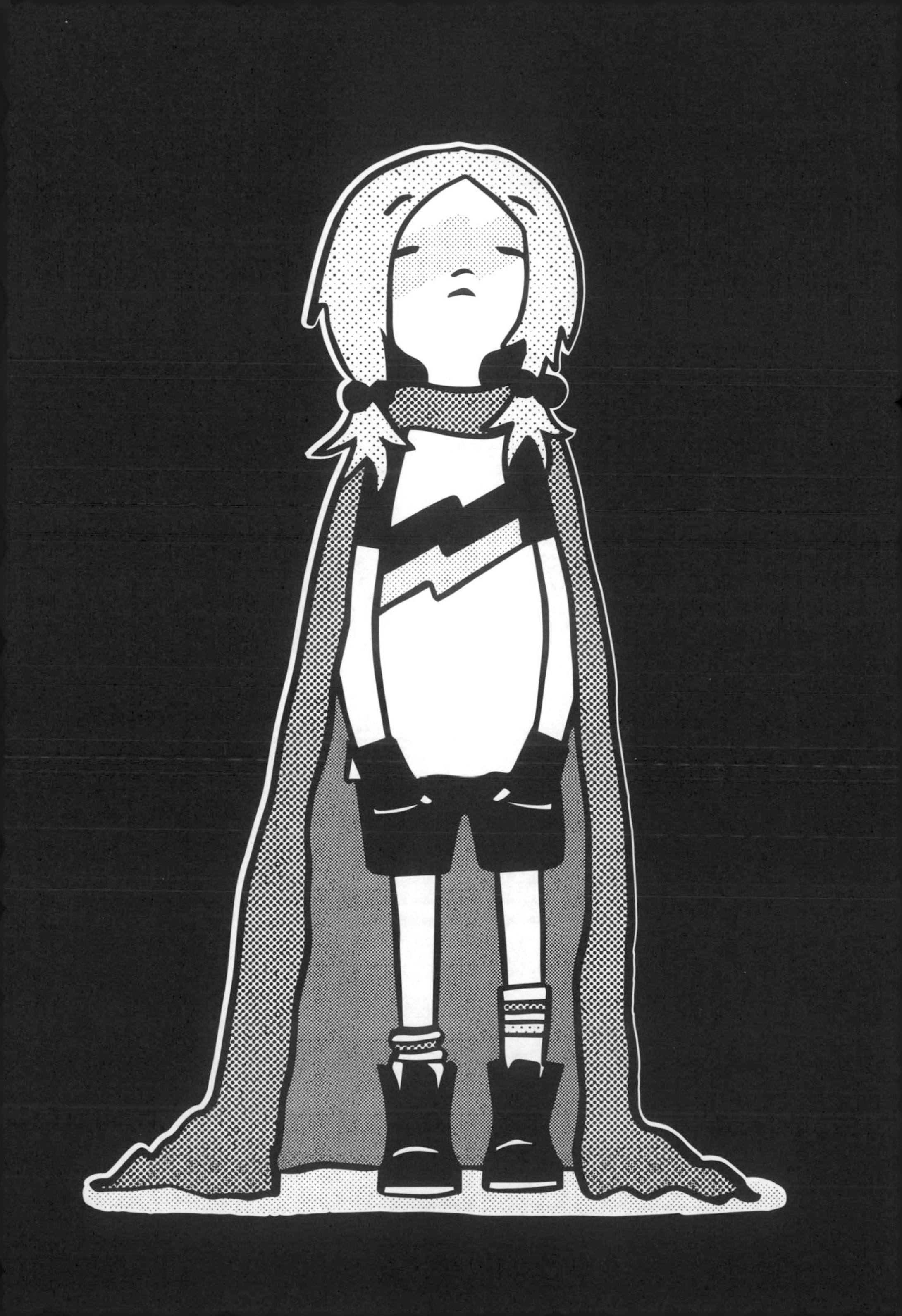

噢，不……

而且，這並不是那天發生的事情之中最慘的……

超級壞蛋「黏糊糊哈利」發明出史上最大爛屎泥儲存槽，並威脅要對重要城市發射。你們必須阻止他。

黏糊糊哈利即將拉下開關，大量黏膩噁臭屎尿混合物即將淹沒重要城市……
比結絲！使出妳的超能力！就是現在！
但是呃，大家都在看……
哇哈哈！太遲了！你們這群魯蛇！
喔一噢！
啪嚓
太慘了，我們的小英雄這次被潑到了，必須由她的家人收拾善後。如果這樣還不夠慘的話，告訴各位，她必須跟其他家人分開飛回家，因為爛屎泥實在太臭了。噁——

隔天……

啊！有夠慘。可能是有史以來最慘的一天。要知道，我早就很熟悉一天過得不順是什麼情形——例如某次我被甩到外星人的鼻涕池裡，或是差點被銀河中的噁心蚯蚓給纏死。但是，今天絕對是**最慘的一天**……

第一，莎拉沃頓拿到她的班長徽章。她不停吹噓這件事。還有餅乾，顯然真的很好吃。啊，算了。

第二，上第三節課時，我發現我的眉毛上還黏了一些爛屎泥。我會發現是因為，巴瑞強森大喊「**比結絲**的眉毛長了鼻屎！」

第三，瑟琳娜在全班面前問哈瑞絲老師，是不是可以不要再當我的小夥伴了。她說她已經當我的小夥伴很久很久了，我現在當然應該知道什麼東西在哪裡。

雖然，我和瑟琳娜跟她那群**校園風雲人物**，並沒有什麼共同點；而且，整天跟在她們後面，讓我覺得無地自容。但是至少，我當她的小夥伴時，我還有地方去。沒有她之後，我只能一個人晃來晃去，而且還得絞盡腦汁——現在要晃去哪裡？這樣太累了。雖然我也同意，瑟琳娜和我永遠不會變成真的好朋友，但是，她當眾問哈瑞絲老師，是不是可以不要再當我的小夥伴，我，自從被一隻羊駝打到頭之後（說來話長），從來沒有那麼尷尬過。知道自己在學校沒有朋友，而且可能永遠不會有，這是一回事；但是在全班面前證實這件事，那種感覺更糟。莎拉沃頓甚至還為我露出難過的表情。

唉。

第四，哈瑞絲老師顯然以為，我競選班長是因為我眞的想為學校做事，而不是跟我那討厭的妹妹競爭。呃，哈瑞絲老師，其實我一直都在為人類做好事——例如，拯救全世界。但是，哈瑞絲老師顯然認為我**拯救世界**還不夠，她還指派我擔任班上的「環保長」。連個徽章都沒有，只有一條緞帶，綠色的緞帶，沒有餅乾。

哼。

我試著跟哈瑞絲老師說，我不要當環保長。我以前學校的華森老師，他就知道我已經救了地球**無數次**。拜託，是不是可以換個人來救地球？我跟哈瑞絲老師解釋，但是她只對我微笑說，我可以運用以前救地球的經驗，來做這個工作。

大象班
環保長

回家路上……

雖然我衝到冥王星去宣洩一番，但是回家之後，心情還是糟透了。我決定不要跟任何人說我到底怎麼了，因為如果他們真的在乎，不用我說也會知道。他們會泡一杯熱巧克力默默遞給我，外加一片披薩，然後給我一個同情的眼神。

所以我直接進房間，關上門，決定一個人待在自己的房間裡，直到有誰不嫌麻煩，來看看我的人生有**多麼悲慘**。

過了一會兒……

大約五十小時之後，**汪達**進來我的房間。我並不認為她打算用點心來撫平我的心情。因為**汪達**一屁股坐在房間正中央，聞聞她的腳，然後告訴我：一分鐘之內準備好，因為**電臀哥**正在大扭屁股，快要扭出**龍捲風**了！

不意外啦。而且**更討厭**的是，我正在享受自己的悲慘命運，為了讓大家知道我有多麼不快樂，所以我正在塗黑色的指甲油，才塗到一半就被打斷……

這裡是任務指揮中心……
電臀哥快要製造出龍捲風，那將會摧毀整個城市。音樂愈大聲，電臀哥的威力就愈大……必須現在就去阻止他，否則就太遲了……
電臀哥在他的奢華頂樓……
……派對正在最高潮。
超級英雄出動，扶弱救危！

抵達屋頂派對時……
才發現，必須通過保鑣這一關，
才能阻止電臀哥！
喂！？
出拳
但是，好像不行。
喂！？
糟糕！超級英雄快
要沒時間了……
……電臀哥用力擺
動他的臀部！
啊
不
？？？
喂！？
拔掉插頭就好啦！
翻白眼

翻白眼

……害我指甲油都花掉了。

有時候我在想，為什麼我沒有更受歡迎。我的意思是，我救了地球，我會飛，而且我的髮型還不錯吧，對不對？

噢，我還是環保長呢！唉，好吧。我猜，沒有人是完美的。誰知道呢？也許那有什麼含義？哈哈哈哈哈。

4

決定使用我的環保力量……

超級英雄文具店！

呃，其實當環保長，讓我在學校說話的對象，倍數增加。至少有 102 個人吧！因為，原來學校有**那麼多人**對於拯救地球那麼熱心。所以我想，如果**必須**當環保長，何不買個漂亮的筆記本，寫下每個人的建議。主要是因為我的記憶力**糟糕透頂**，我想是因為那次被羊駝打到頭（說來話長），導致無法恢復的後遺症。另外也是因為，大家都知道，無論你是以**超級英雄**方式來拯救地球，還是以普通方式來拯救地球，文具都是個重要關鍵。

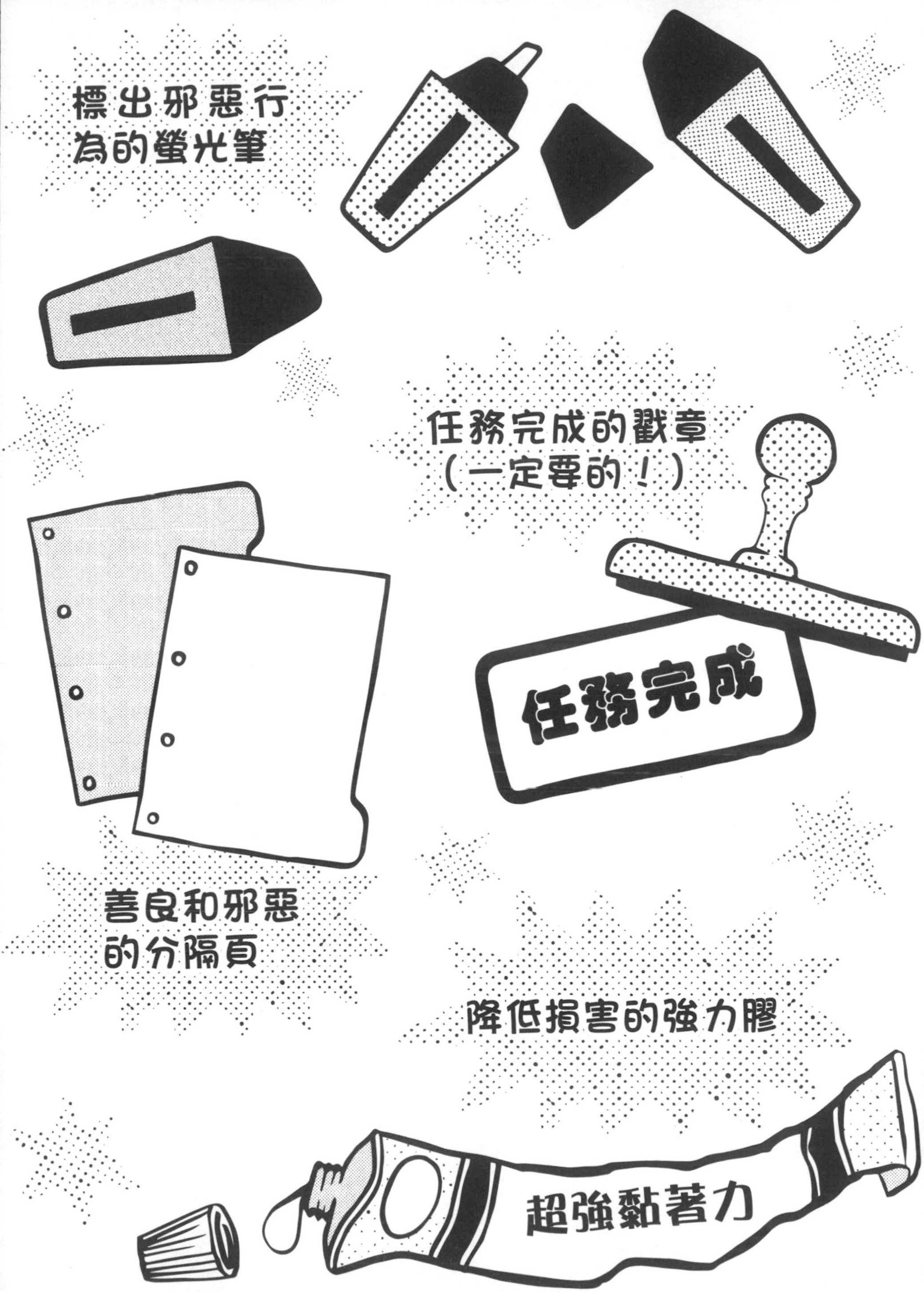
標出邪惡行為的螢光筆
任務完成的戳章（一定要的！）
任務完成
善良和邪惡的分隔頁
降低損害的強力膠
超強黏著力

這表示，我**媽**來學校接我們的時候，我得把這些事情告訴她。其實，我並不想用這種方式，讓她知道我在學校碰到的困難——這樣完全缺乏我本來設想中的**戲劇化**（也就是——生悶氣、消沉沮喪，直到有人溫柔鼓勵我說出來），但是現在沒有時間那樣做了。我需要她在載我們回家的路上，停在文具店買筆記本，因為，雖然我可以飛到外太空去打敗邪惡的壞蛋，但是我不被允許獨自搭公車去市區買東西。是不是**很驚人**。

因為錯過能被安慰的機會，而沒有吃到安慰點心，讓我覺得有點氣。不過**最氣的是**，小紅為我感到開心，她說我會是有史以來最棒的環保長，而且買筆記本這個點子實在**太棒了**，她整個人超熱血的。我不知道為什麼，但是我就是覺得火冒三丈。

總之，我們去了文具店，買到我的環保筆記本（當然是綠色的，而且用再生紙）。**小紅**就挑了一本紅色的。她這個人超級聰明、樣樣傑出，但是想像力完全是零。

那天稍晚……

我打電話給湯姆和蘇西（他們在蘇西家一起做功課，因為是星期三。我們都是在星期三一起做功課），我試著不要抱怨太多有關環保長的事，因為我感覺到，自從我搬家轉學之後，跟他們講電話時都在抱怨。湯姆和蘇西聽到後，反應就跟我妹一樣很高興、超熱血。不過他們給我的感覺不像我妹，所以我沒那麼生氣。我開始在想，當環保長，可能也不是**全世界最悲慘**的壞事。**可能吧**。

然後……

大家都來找我講環保點子，想要如何拯救地球、修復環境……

◎拯救地球

不要寫作業，這樣可以節省紙張、保護樹木。

省水——不要洗任何東西！

午餐禁止帶罐裝飲料；學校裡只容許可重複使用的水壺。

的建議……
☆ 關掉電燈（裡面沒人的時候）。
回收所有廢紙。
搶救樹木，不要再寫任何作業簿（除了這一本之外）。

突然……

就在這星期快要結束的時候，我班上有個女生艾茴，跟我提了一個建議。我心想，她應該是要說環保相關的建議吧？畢竟她的名字跟植物有關。她跟我說，有些大企業之類的人，要把學校旁邊那個公園拆掉，蓋停車場！她認為那是**非常糟糕**的點子，因為公園裡的大樹已經好幾百歲了，有很多鳥和動物都棲息在公園裡，那個公園很漂亮、又在學校旁邊，而且附近已經有很多停車場了，為什麼我們需要更多停車場，為什麼不多騎車或走路？

說完之後，艾茴塞給我一份報紙，上面的報導解釋了這件事情。

每日時報
公園
面臨威脅
錢滾滾公司打算拆除社區公園
興建大型停車場，以容納更多汽車。

她說話的語氣，好像這一切都是我的錯，讓我覺得很不公平。但是，艾茴告訴我，其實**是她**想當環保長，我才明白怎麼回事。原來她負責學校的種菜區，而且還鼓吹把作業本換成再生紙張，並且在整個年級推動汽車共乘輪值表。然後她問我，我有什麼經歷可以勝任這個職位？

我聽了還真想笑出來，因為她顯然不知道我打敗過幾個壞人，因此拯救了整個地球，基本上**我一直都在做這件事！！！**艾茴說，那好，那妳救個公園應該不是什麼問題吧。我說，當然啊，不費吹灰之力。她說，太好了。然後她就轉身走了。

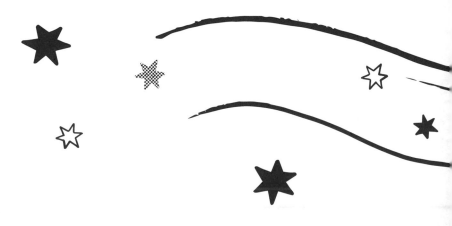

就這樣，我決定，這就是我身為環保長的第一個工作。

我要讓艾茴看看，是誰一直在拯救全世界。也可以讓我**妹**、我**媽**、我**爸**、**汪達**，還有每一個人看到，雖然有些人當上班長，但我——環保長，才是真正出力最多的人。到時候，緞帶可能會比徽章更酷喔。我會拯救公園，每個人都會知道我真的**很厲害！**

我只要能想出如何……

五分鐘之後……

……我一直想、一直想、一直想，還是想不出來，所以我決定，就像以前每次任務有困難的時候，我就——

去問**汪達**……

汪達舔舔我的耳朵，聞聞地毯，然後告訴我，她並沒有得到授權，來協助我進行這項任務，但是，她收到任務指揮中心的訊息，有一件非常緊急的任務。原來超級壞蛋**可寶**正在推車一號裡（他的藏匿處）大發脾氣，威脅要把所有的玩具都丟到附近一個小城市，導致大災難、大阻礙、大混亂。

這對於我要去拯救公園，一點幫助都沒有，事實上還完全相反。我正要對**汪達**說……但是低頭一看，她已經去通知其他人了。

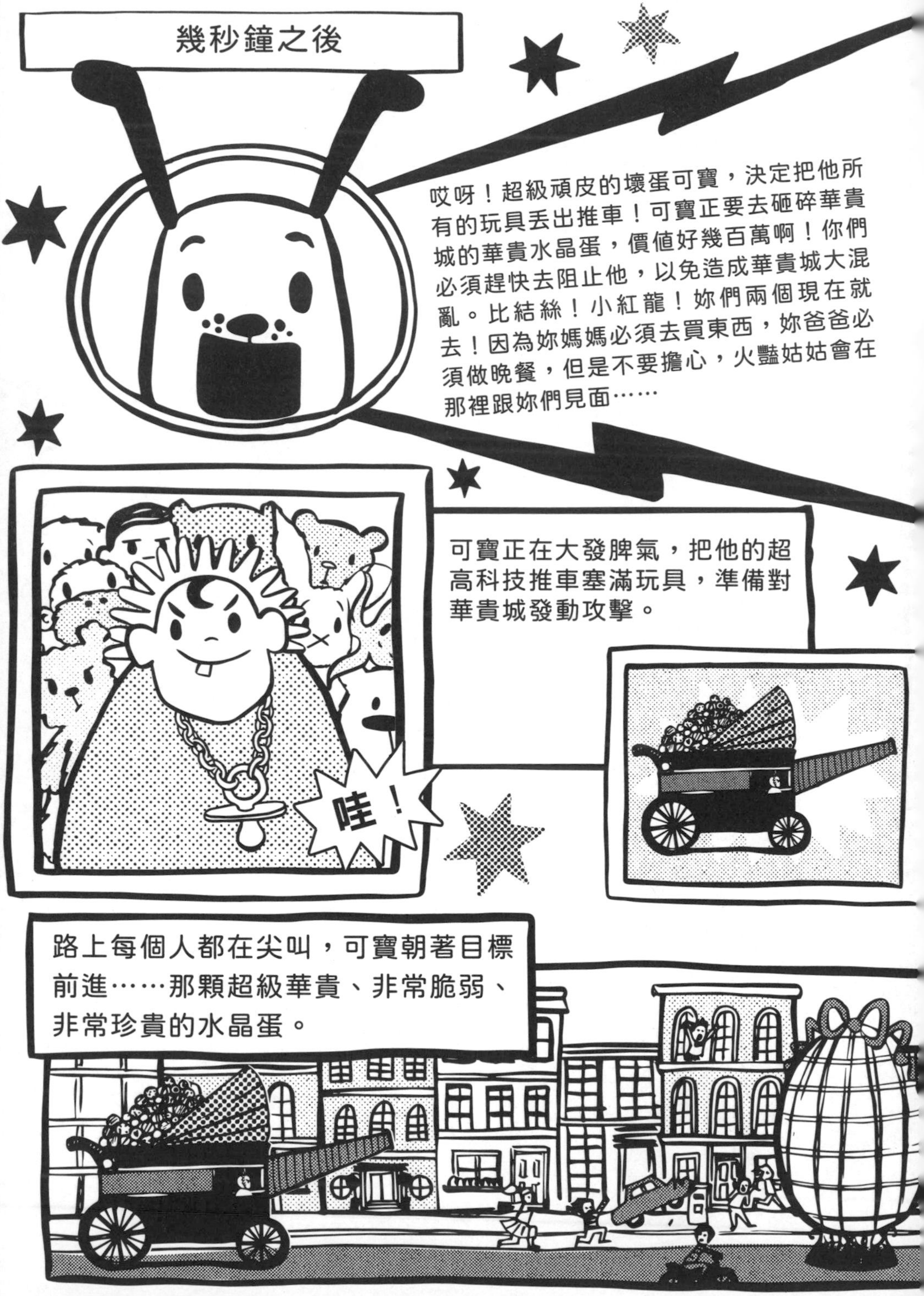
幾秒鐘之後
哎呀！超級頑皮的壞蛋可寶，決定把他所有的玩具丟出推車！可寶正要去砸碎華貴城的華貴水晶蛋，價值好幾百萬啊！你們必須趕快去阻止他，以免造成華貴城大混亂。比結絲！小紅龍！妳們兩個現在就去！因為妳媽媽必須去買東西，妳爸爸必須做晚餐，但是不要擔心，火豔姑姑會在那裡跟妳們見面……
可寶正在大發脾氣，把他的超高科技推車塞滿玩具，準備對華貴城發動攻擊。
哇！
路上每個人都在尖叫，可寶朝著目標前進……那顆超級華貴、非常脆弱、非常珍貴的水晶蛋。

還好，比結絲和小紅龍跟火豔姑姑會合了！但是，她們要如何阻止可寶砸碎那顆蛋呢？
可寶發射跳跳球，超級英雄立刻飛撲，拍掉跳跳球，不讓球砸到珍貴的水晶蛋。
噢，糟糕！可寶現在開始發射絨毛娃娃……超級英雄忍不住抱抱這些娃娃。
最後，可寶發射他的積木……沒問題，把積木堆起來，危機解除。
接下來，可寶大發脾氣，在地上滾、大哭大鬧。
等可寶冷靜下來，火豔姑姑把他送去罰坐，要他好好反省。華貴城安全了，耶！

然後……

能跟**火龘姑姑**見面，實在太好了。我想，整個超級英雄世界裡，我最想成為的人，就是**火龘姑姑**。

原因是：

火豔姑姑

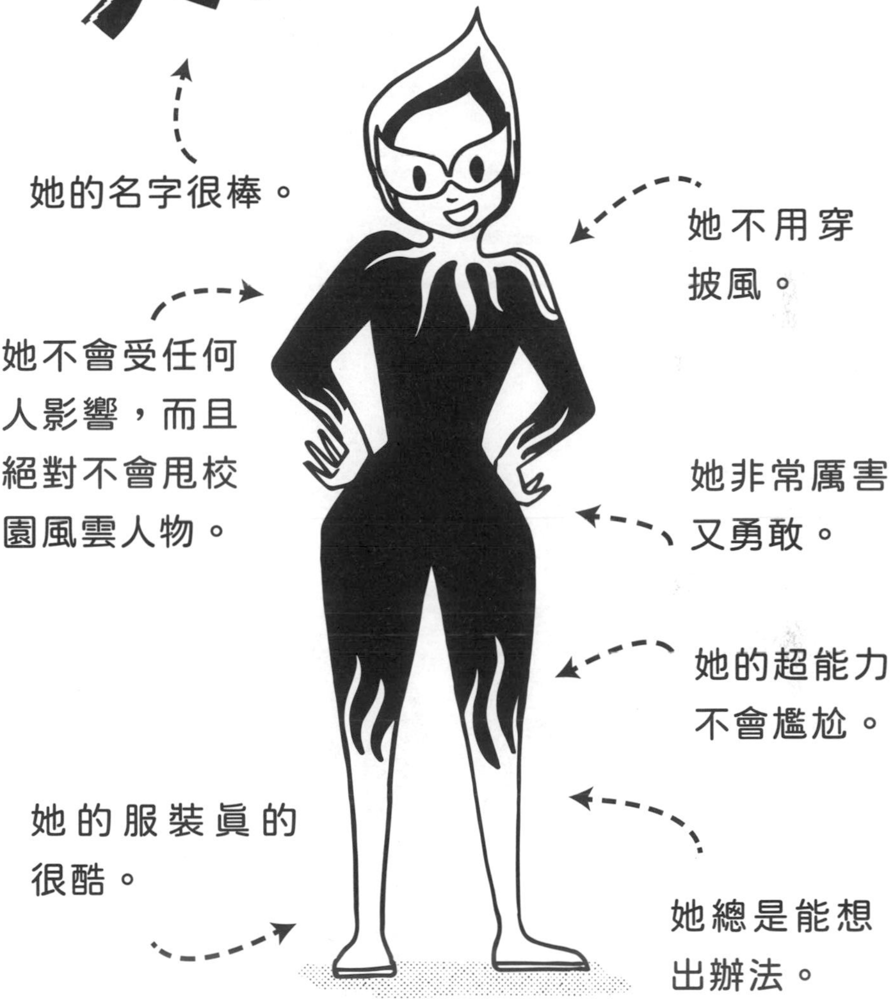
她的名字很棒。
她不用穿
披風。
她不會受任何
人影響，而且
絕對不會甩校
園風雲人物。
她非常厲害
又勇敢。
她的超能力
不會尷尬。
她的服裝真的
很酷。
她總是能想
出辦法。

所以，要怎麼拯救學校旁邊的公園，請教**火豔姑姑**最適合了。

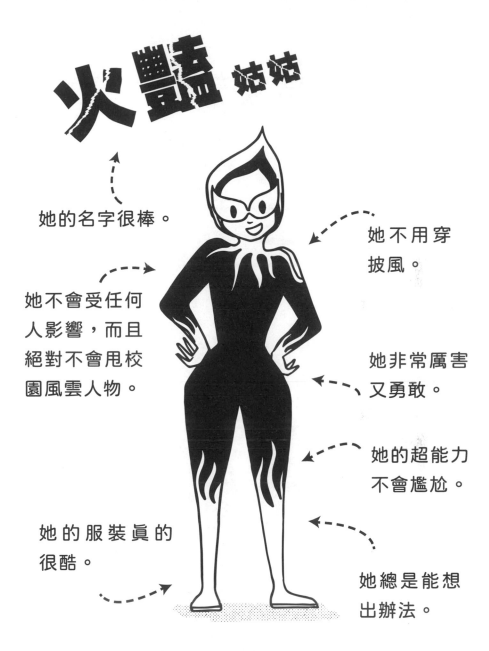

火豔姑姑
超級聰明又超級厲害

的拯救公園計畫

突然……

……我**媽**插嘴了。她說，雖然我們超級英雄出任務的時候，是用這種超能力來對付壞蛋，但是在正常世界裡（就是我們大部分時候所居住的世界），卻不能這樣做。這完全就是我媽會說的話。（打呵欠。）我想，她會這樣說是因為，**火豔姑姑**的超級英雄事業很成功。她在任務指揮中心的超級機密部門職位很高，而且她有一輛摩托車，以及她「可以隨心所欲過

日子」。因為她的事業太成功了，我媽甚至必須幫她洗東西、幫她準備餐點。

總之，我媽對**火豔姑姑**擠眉弄眼。每次大人覺得「噓——這小孩真的會照妳說的去做！」，就會這樣擠眉弄眼。所以，**火豔姑姑**對我媽的表情是「啊，對，我閉嘴。」她們以為我沒看到！我要跟你們這些大人說：小孩不笨好嗎？！**（大多數小孩啦。）**

說歸說，但我還是沒有任何計畫。所以我給她們看艾茴給我的那篇報導，而且清楚解釋這種經營方式會**傷害地球**。拆除公園、蓋另一座停車場，表示會有更多汽車，這樣會對地球造成更多傷害，所以做這種事的人是大壞蛋。我們這些**超級英雄**，不就應該打擊壞人嗎？**火豔姑姑**說「沒錯！」，說完馬上對我媽露出「啊，對，我閉嘴」的表情——我媽正瞪著她。

我媽說，拆除公園確實不是什麼好事，但是市政府可能會准許他們動工，這表示你不能就這樣闖進去，把他們的推土機砸爛，無論你多想這樣做。因為，就算是**超級英雄**，也可能會被抓進監獄。**火豔姑姑**說，我應該聽我媽的話。

講到這裡，我想我的腦袋應該已經爆炸了。我問我媽和**火豔姑姑**，如果這個愚笨的世界一直傷害自己，那麼，超人不停的解救世界，有什麼意義？驚訝的是，我媽說，其實她也贊同我說的，而且她也一直在思考這個問題，但是，我們必須記得，**超級英雄**做了很多好事，我們要一直做好事，並且希望別人也能做好事，這樣所有的好事加起來，就能贏過那些壞事。她建議，或許先去跟那個大公司談一談會比較好。因為，很多不同意見就是這樣解決的……（碎碎念 xN）。

突然……

小紅做個後空翻、跳進來，吐出一顆完美的火球，然後告訴我們，她現在不是班長了，她成為學生會主席。

翻白眼

5

搞砸了……

隔天……

我跟艾茴說，我媽建議我們去那家大公司的辦公室，跟他們好好談談。我這樣說是因為，我也沒有別的辦法。但是艾茴竟然贊成，她覺得如果我們指出那個停車場是個爛點子，他們會聽進去。只要提醒他們，我們不需要更多車子，而是需要更多樹。

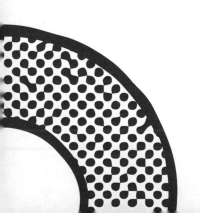

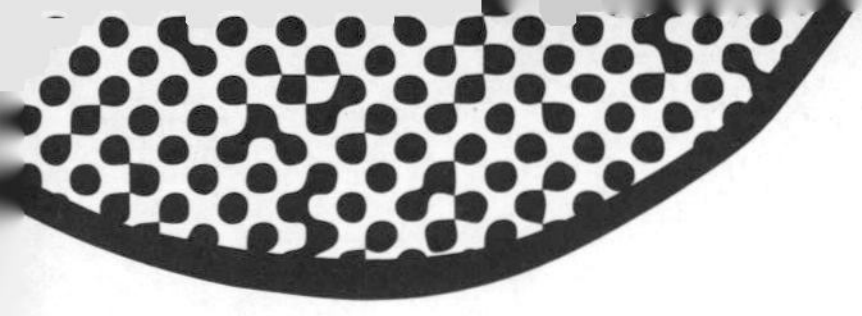
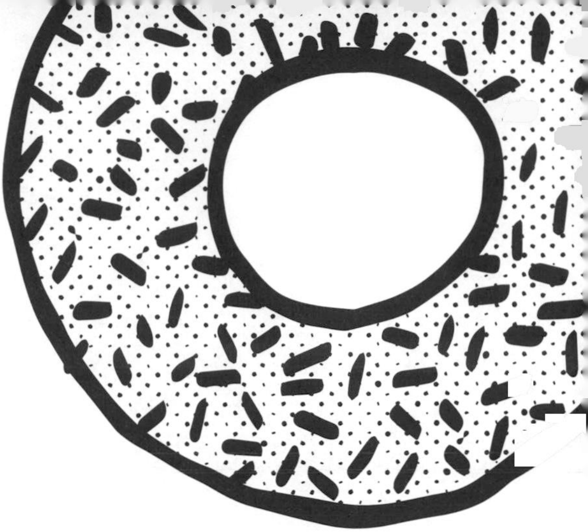

而且，我們可以帶甜甜圈去拜訪，因為那會很有幫助。我不是很確定去找他們會不會成功，因為這跟我以前那樣飛奔去拯救世界不一樣。但是，**我真的很喜歡**甜甜圈，所以我們決定放學後就去拜訪錢滾滾公司。

但是……

我不是很確定，情況還可以多糟。我甚至連甜甜圈都沒機會聞一聞。原來，錢滾滾公司的大老闆竟然是校園風雲人物瑟琳娜的爸爸，皮佛先生！

經過一連串風波（說來話長。包括假冒校刊想來採訪、我運用一點點飛行超能力、偷偷摸摸溜進去），等到我和艾茴最後終於見到皮佛先生時，我們都累壞了。而且，他根本不喜歡甜甜圈，所以那並沒有幫助。

說真的，怎麼會有人不喜歡甜甜圈？

總之，面對他還有那些中型跟大型重要人物，我比站在**轟霸的機器人大軍**面前還要害怕。對付機器人大軍，至少你知道它們會使出什麼招數——它們會用雷射眼來電爆你。但是面對這些大老闆，我完全不知道他們在想什麼。

由於我是環保長，由我來發號施令，所以我要艾茴跟他們講話。雖然艾茴對他們演講的內容非常有知識性也很有道理，但是好像並沒有引起這些大小老闆的注意。感覺上，就是沒有超級英雄拯救地球轟轟烈烈。所以，我決定採取**行動**……連我自己都滿驚訝的。

!!!!!!!!!!!!!!!!!!!!!!
喔——
看我的
衝！
衝
咻咻——

噢——！
尖叫！
給我出去！
哎呀——
哼—！

後來……

瑟琳娜的爸爸除了當面指責我們外，還跑去找哈瑞絲老師告狀，這似乎反應過度了吧，又沒有人被潑到放射性黏液之類的。他害我們被哈瑞絲老師罵了一頓。呃，也不算是罵啦。她跟我們說，或許我們不應該去錢滾滾公司的辦公室，把那邊搞得一團亂；而且，我絕對不

應該說瑟琳娜的爸爸是**糊塗蛋**，不過哈瑞絲老師在罵我們的時候一直都是微笑的，讓我跟艾茴離開時覺得很困惑，到底我們是不是做錯了？

我開始覺得，當環保長實在是太麻煩了。老實說，本來我以為，我有能力拯救世界、打擊壞人、飛奔到外太空，所以，拯救公園這種事情對我來說也太簡單了吧。但是，當你面對的壞蛋是穿西裝的人，而且他們不使用**雷射**，而是紙張和公事包，這樣其實非常難打敗他們。

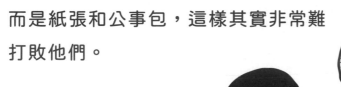

更糟糕的是……

瑟琳娜顯然是從她的大老闆爸爸那裡聽說這件事，她決定在班會提出來，她把重點放在點心餐車意外（我只是不小心撞到它而已），她故意不提我在會議桌上完美的翻了一個後空翻，甚至不提艾茴的演講有多棒。當然沒人會去想誰在努力拯救地球、誰才是壞人。瑟琳娜對全班同學講那次「會議」的經過，即使她說的完全不準確，但是全班都會跟著她一起笑。

有時候我覺得，事情做得愈少，別人反而認為你很棒。就拿瑟琳娜來說吧。我得要花我的休息時間拯救世界，為了她。當然不是只為了她啦，但是我跑來跑去、飛來飛去，擋下各種災難的時候，她在幹麼？什麼都沒做。但是大家都不在乎，因為每個人都認為瑟琳娜很棒、而我是個魯蛇。

太太太太太太

不公平了……

下午 1 點半
我又在拯救世界。
瑟琳娜在檢查她的髮型。
下午 3 點半

為什麼沒有人欣賞我的髮型。我的髮型也不錯啊，不是嗎？

6

再度搞砸了……

拯救公園，好像比本來想的難多了。照理說我應該對**拯救世界**很拿手的。再說，我又不是數學超厲害、直式除法做得又快又好，而且我體育也不行，籃球網球我打得超爛（我想這兩件事都是因為羊駝撞到我的頭——說來話長），所以，如果我不能拯救那一點點綠地，

我的存在還有什麼意義？

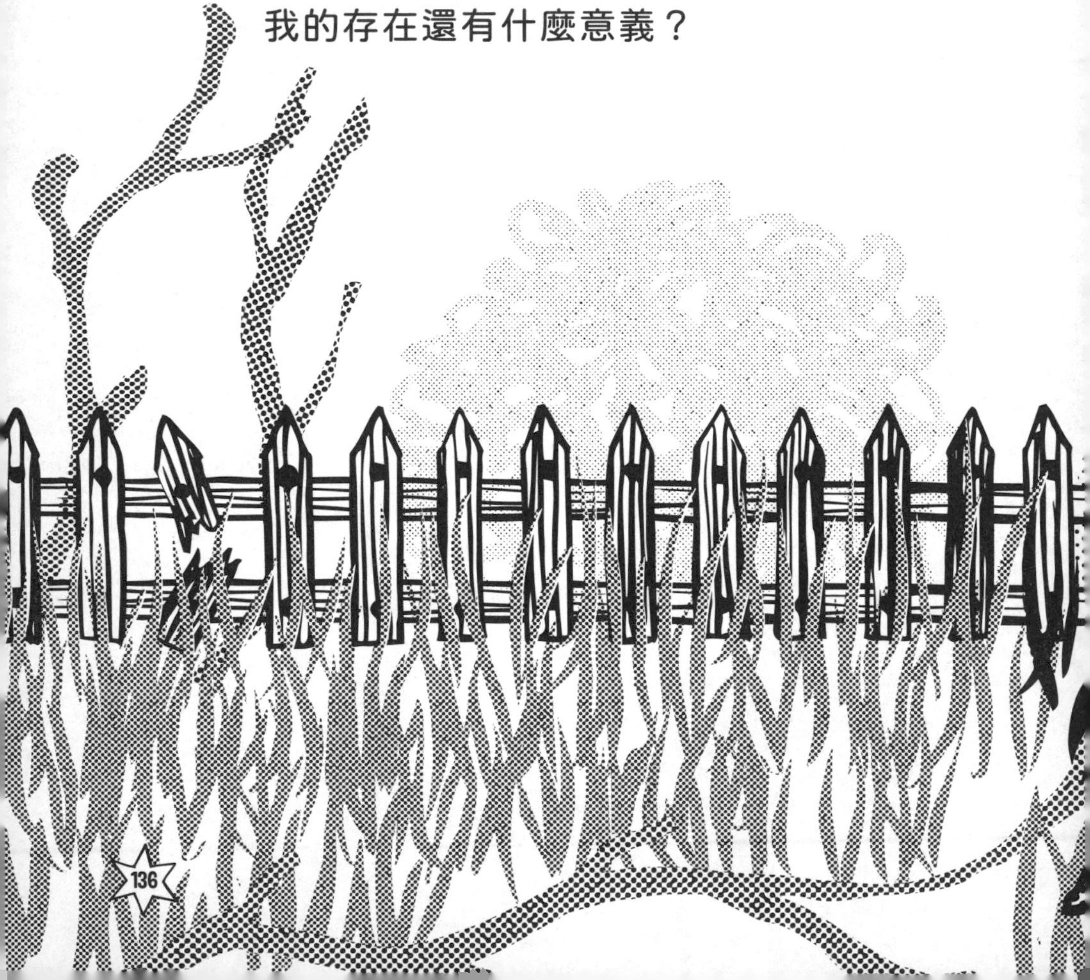

或許，在那場會議上，我的表現**不夠厲害**。或許，我應該聽**火豔姑姑**的建議，直接展現我的**超能力**。

如果我**超級小心**，應該不會被媽媽發現才對。

我想出來的拯救公園天才計畫是……
如果沒有了挖土機和推土機，錢滾滾公司就不能開挖公園。很簡單吧！
所以……我可以衝去錢滾滾公司，把它們的挖土機和推土機借出來……
然後把這些機器送到冥王星藏起來。
那我是怎麼做的呢？當然是運用我的超能力啊。但是那很尷尬，所以你不能看。

好啦！一切順利。只不過，我的大大大大大力叔叔在回家路上看到我……
呃……沒事啊。
比結絲！妳在幹麼？
……他要我歸還那些機器，而且還要跟皮佛先生道歉。唉！
而且最慘的是，大大大大大力叔叔要我把一切經過告訴我媽和我爸。

災難發生……

沒錯，是真的，超級英雄也會被禁足。我被停飛一個禮拜。

每個人都對我很生氣，甚至艾茴也是。她說，現在變成我們像壞人，而不是錢滾滾公司，這顯然跟我們想要的結果不同。

所以，我等於是給自己惹了**大麻煩**，不但被禁足，而且學校裡唯一會跟我講話的人對我**很生氣**，而且，拯救公園我一**點也沒有幫上忙**。

當然，瑟琳娜也有話說。放學前，她在所有人面前嚴厲批評我，說我是個典型超人，就是衝來衝去、把所有事情**搞得一團亂**，還說不應該讓我多管閒事，還有……

但是她沒有繼續再說下去，因為**小紅**站出來了。看到她，我想我從來沒有那麼高興過（應該說，從來就沒高興過）。我的妹妹救了我，而我竟然沒有覺得這樣很煩。後來，**小紅**使用她的神速超能力，背著我回家。

我打電話給蘇西，跟她說，我決定隔天早上就辭掉環保長。因為，很明顯艾茴會做得比我好。我顯然完全無法做個**正常人**，可能連超人也做不好。蘇西說，她覺得我其實蠻正常的，而且當超人應該也很棒。不過，為了保險起見，

我們很快想了幾個其他辦法。接著，**汪達**踱進我房間（連敲門都沒有），在我的作業上面滾來滾去、弄翻我的飲料，然後叫我掛掉電話，去廚房開**緊急會議**。

等我到了廚房，**小紅**默默對我微笑，那種笑容表示「我真心為你難過」。這讓我覺得，我妹真的很煩。

事實：那種微笑完全沒有幫助，無論他們為你難過的事情是什麼，只是火上加油，讓你更生氣而已。**啊**——

汪達對我們說，**混亂隊長**跟**星際屠夫**正在銀河外圍製造動亂，我們必須現在去看看他們到底要幹麼，並讓他們的計劃徹底破功。

對我來說，這個消息讓我鬆了好大一口氣。自從經歷了皮佛先生的災難後，我一直擔心必須再當超人。雖然**混亂隊長**跟**星際屠夫**聽起來很可怕（老實說，他們通常是很可怕沒錯），但是他們剛好也是**卡波**的爸媽。我認識**卡波**一輩子了。幾乎啦。他是我在幼兒園的朋友，我們倆一拍即合。雖然後來發現，他是超級壞蛋、而我是**超級英雄**，但是我們還是保持友誼……我們是不能跟外人說的祕密朋友。

卡波和比結絲的超級祕密友誼

在幼兒園……不需要等到點心時間……
餅乾
如果你朋友會飛！
好吃好吃！
在學校……上課時想跟朋友說一件很好笑的事……
沒問題，因為你朋友的超能力是傳心術。哈哈！

其他時間……
如果你能做得到，你也會去畫，對吧？
翻白眼
原來，對於身為超人，我跟卡波有同樣感覺。你知道，我真的覺得當超級英雄很尷尬，而卡波也不是很想當超級壞蛋。這表示，每次我們得要對抗的時候，我們就會假裝打架，然後偷偷溜去聊天。這次任務也不例外……

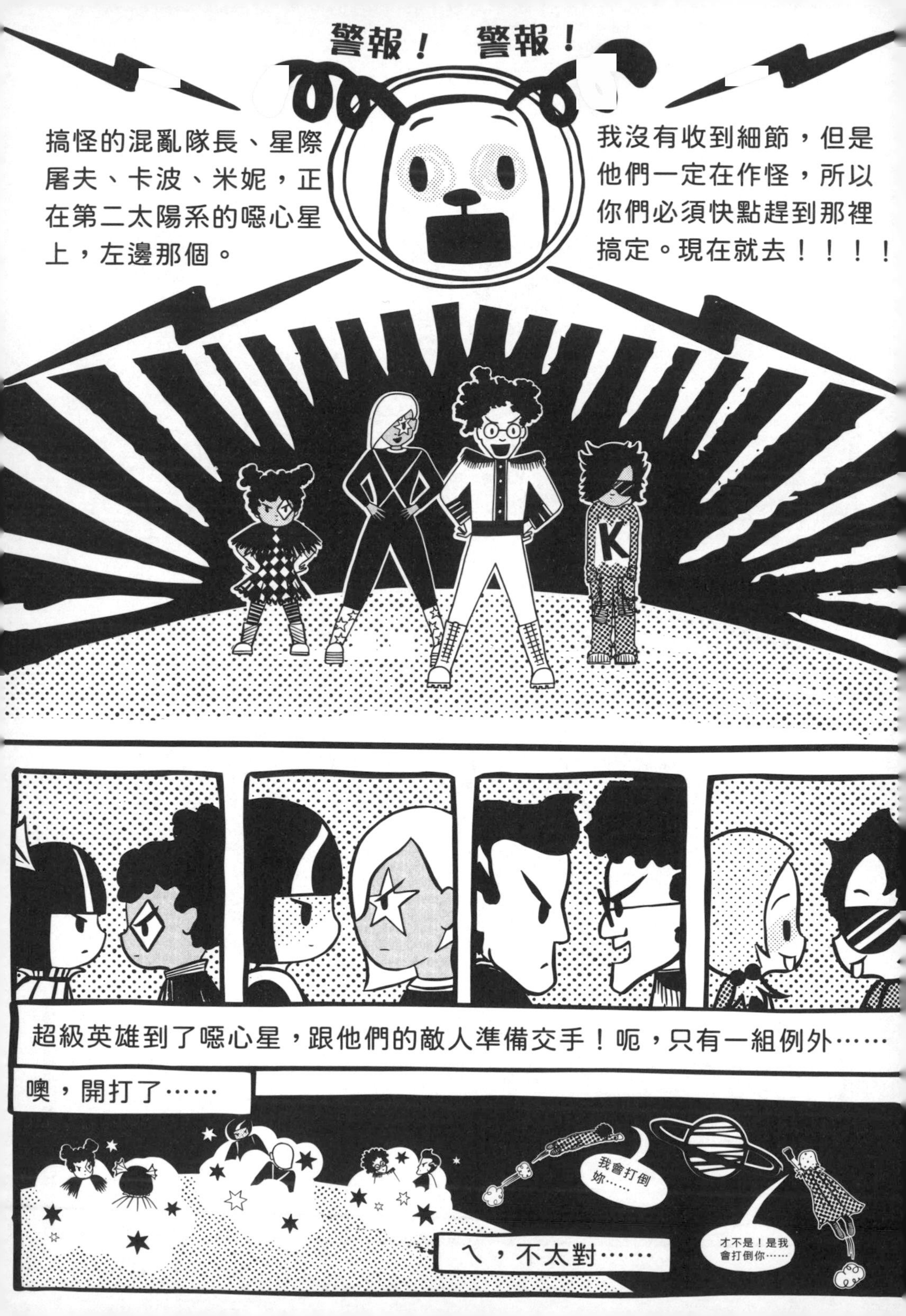
警報！　警報！
搞怪的混亂隊長、星際屠夫、卡波、米妮，正在第二太陽系的噁心星上，左邊那個。
我沒有收到細節，但是他們一定在作怪，所以你們必須快點趕到那裡搞定。現在就去！！！！
超級英雄到了噁心星，跟他們的敵人準備交手！呃，只有一組例外……
噢，開打了……
我會打倒妳……
才不是！是我會打倒你……
ㄟ，不太對……

比結絲對卡波解釋，她擔任環保長碰到的問題。卡波問她，艾茴認為應該怎麼做呢？……
叮！！！比結絲這才想到，她竟然沒想到要去問艾茴！
翻白眼
卡波翻白眼……什麼？！
卡波！！！
比結絲！！！
現在馬上過來！！！！
我們不知道噁心星上面到底發生什麼事，只知道……
我們走著瞧！！！！！
下次再聊喔……

7

外公的好點子

隔天……

我馬上跑去問艾茴，問她我們應該怎麼搶救公園。我有一個很強烈的感覺是，艾茴對於這一刻已經準備很久了，這讓我覺得自己很蠢，為什麼不早點開口問呢。

艾茴認為，我們應該把一些同學組織起來，星期五放學後在公園門口，舉行抗議活動。這樣，所有來學校接小孩的爸媽，就會了解怎麼回事，他們也會想要搶救公園。

我在想，這點子好像**不錯**，但是不像前兩次行動那麼有活力。光是站在那裡跟人講話，這樣也能拯救什麼嗎？我正要這樣跟艾茴說，但突然想起**卡波**翻白眼的樣子，還有想起我之前用我的方式拯救公園的結果。所以，我沒有跟艾茴說她的點子是垃圾，而是請她來我家吃晚餐，我們可以好好計劃一下星期五的事。

她竟然說好！

這一天好像過得特別慢。一整天，瑟琳娜完全不放過任何**嘲笑**我的機會⋯⋯

下課時

上課時

……但是到快放學的時候，我已經可以充耳不聞了。這是一個生存技能，我是跟**小紅**一起生活學到的，因為她會**一直講一直講一直講一直講**。

放學鐘聲響起，我跟艾茴在學校大門碰面。我們走路回家，因為我還在禁飛中（除了跟星球有關的緊急任務之外）。而且，艾茴不會飛，這是當然的。走路花了很久的時間，但是我們趁這機會聊聊**公園抗議**的事。我們編出一首像在唱歌的口號，可以獲得大家的注意力。以前我從來不需要用吟唱的方式來拯救地球，我在想，這是不是可以變成我的**超級英雄**招牌動作，取代我不想說出來的那個**尷尬又丟臉**的超能力。

　　過了一會兒，艾茴問我晚餐是什麼，我說義大利麵，她好像有點失望。我不太確定她以為超人都吃些什麼，但是她應該是希望能吃到比義大利麵更刺激的食物吧。**我也想啊！**

後來……

我們回到家，我把我們的點子告訴**媽媽**。她說，聽起來很棒；還有，我們或許可以去跟**外公**聊一聊，因為他以前參與過一些抗議活動。

所以，我們就去了。**媽媽**甚至還載我們去，由**爸爸**在家煮晚餐。**外公**和**外婆**看到我們，非常高興。**外婆**問我，是不是有跟艾茴解釋過，不能讓**外公**笑。我之前沒跟她說，所以我就跟她說了，結果讓艾茴笑了。艾茴一笑，**外公**也笑，我們大家都笑了，這讓**外公**笑得更厲害。我們都沒注意到的時候，**外婆**已經用她的口袋型滅火器，把著火的抱枕撲滅了。

噴!!!

我們決定去庭院走走，免得**外公**又製造出小火球。散步時，**外公**跟我們說他以前抗議的故事。原來，以前有個人很憤怒、講話用吼的，他跟願意聽他說話的人說，超人是異類，跟正常人不一樣。這其實也沒有錯，但是他接著說，不能信任超人，因為他們會為了自己而使用超能力，所以超人應該**離開**，住在遠離其他人的地方，不能跟大家在一起。有些人開始聽進他的話，因為，他的怒吼**非常大聲**。

但是……

顯然**外公**不贊成那個怒吼男說的。原因很多，最主要是因為，超人使用超能力是為了**保護整個世界、甚至整個宇宙**的人，而且，其實超人跟一般人相同的地方，比不同的地方還要多。

剛開始，**外公**被激怒了（這我很難想像），他想施展超神速，繞地球一百萬次，讓時空回到這個人還沒開始大聲吼叫、甚至還沒開始生氣之前。然後，**外公**覺得，或許可以把這個怒吼男推到太空最深處，這樣他就會明白孤零零是什麼滋味。不過，最後**外公**冷靜下來，他知道這些想法並不是很好；而且，運用超能力來

解決這個問題，會讓事情變得更糟。一般人只會看到超人跟其他人不一樣，而不是看到超人其實也跟正常人一樣，而這剛好就是那個怒吼男想要的。**外公**明白了，只有不靠超能力但是又很 super，才能解決這個問題。所以他在車庫找出一些舊木板跟一根木棒（**外公**認為應該是前任住戶留下來的，因為他不會做 DIY），他用這些材料做了一支牌子，然後去那個怒吼男大吼大叫的地方，開始安靜的抗議。而且，他跟我們一樣，也編了一首歌呢。

結果發現，其實很多人的想法跟外公一樣，而且也有其他人加入。起初在那裡抗議的人主要是超人，但是慢慢的，很多人都加入了。愈多人加入、就愈多人注意，最後，那個怒吼男所說的話，被大家的歌聲蓋過去。

於是他就閉嘴走開了（雖然並沒有人要他閉嘴走開）。

反對讓超人離開
拯救超人
超人超棒
別鬧了……
BE SUPER！
超人
可以幫助人
是有用的

所以，就是這樣。**外公**說，下次有機會再跟我們講故事。

然後，**外公**帶我和艾茴去車庫，那裡有很多舊木材和木棒（因為他做了那支牌子之後，發現自己其實**很喜歡** DIY）。我們為公園抗議活動做了一些標語牌。這樣拯救世界，感覺很奇怪，因為不像以前那樣衝來衝去、運用我那尷尬的超能力，而是跟**外公**和艾茴在車庫裡，

我們一邊聊天、一邊畫標語跟捶釘子。這能改變什麼嗎？我真的不確定，因為這一切實在太……太正常了。不過這種方式很好，所以我就這樣做了。艾茴說，標語看起來很棒，**外公**似乎也很開心，他說他真的很高興，因為他本來以為自己已經不能再拯救地球了。**外婆**送來洋芋片和餅乾，我心想，如果別的拯救地球任務也可以吃到點心，那該有多好。

隔天在學校，艾茴和我畫了一些傳單，準備在抗議時發出去，我們去了圖書館影印傳單。（圖書館員辛普森老師覺得這是個好點子，因為他每天都去公園吃午餐，他說他星期五會來一起抗議。）

搶救大家的公園！！！

美麗公園遭受威脅！
我們要公園，不要汽車！！！
請一起幫忙搶救大家的公園。

時間：這星期五放學後。
地點：公園（學校旁邊）
原因：因為公園很棒，有很多
動物住在裡面，公園是
大家的！！！

8

發動前夕

大日子那一天……

星期五，我醒來時，肚子裡在翻滾冒泡。這很不尋常，因為我要做的只是站著舉牌而已，又不是要飛去最深最黑的太空中，阻止哪個外星頭目之類的。我覺得那天上課時間過得好慢，而且艾茴和我幾乎吃不下午餐。我想，她的肚子也在翻滾冒泡吧。突然，放學時間到了……

我們事先跟**外公**說好，他帶著我們製作的標語牌，在學校外面等。我們把標語牌舉起來，站在公園旁邊，開始吟唱我們編的口號。

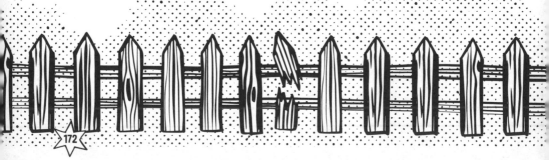

剛開始覺得很彆扭，因為只有我和艾茴和**外公**在唱口號，其他路人講話的聲音都蓋過我們。我覺得應該做點什麼 super 的舉動，讓事情有進展。但是我想起，之前施展超能力導致了什麼結果，而這次我真的很想搶救公園，所以我忍住了。

　　艾茴的朋友茉莉和艾德，也加入我們；圖書館的辛普森老師也來了，甚至哈瑞絲老師也出現了。瑟琳娜看著我們的樣子，好像我們全身發出臭味。她拿出手機開始打電話——ㄟ，不是不准帶手機來學校嗎！？

我們
要樹！
拒絕車子停車場
保護
野生動物
停車場無法
野餐
要樹
要車
保護公園綠地
保持地球乾淨
我愛
公園
我
大樹
要樹
不要車

小紅把整個學生會都帶過來了。我心想，唉，真是她的標準作風。我連辦個抗議活動，都沒有辦法要她不插手。不過，她們在公園入口擺了一張桌子，開始發放檸檬汽水。大家好像很喜歡，還領取了檸檬汽水走進公園裡。感覺上，好像沒有什麼事情發生，但是其實，有些事情正在發生。希望這是好事。

我們發出傳單，茉莉拿出連署單請人們簽名。大家還真的都簽了！我們一邊晃動標語牌，一邊唱歌喊口號。**媽媽**和**外婆**和**汪達**都來了。我本來覺得這樣很好，可是後來卻很慘，因為就在我們抗議活動當中，**汪達**接收到一個緊急任務。我看著我**媽**，她只能聳聳肩，露出「我很抱歉」這種沒有任何幫助的微笑。

我想艾茴一定會恨我，因為我每次都是這樣，好不容易在我表現很棒的時候，必須衝去出任務。這次是噁心的大壞蛋吐霸，而且這種任務，通常結果不會很好。

大家注意，注意！！注意！！！
嘔心壞蛋吐霸，正準備對一個小王國大吐特吐。你們要趕快去解救這個小王國，免得它遭受嘔吐物恐怖攻擊！
吐霸爬上那個小王國的最高峰，即將發動攻擊……
蓄力
嗝……
超級英雄飛抵目的地一看，沒有時間了……
嗝咕！

……其中一人必須轉移吐霸的注意力……但是，誰呢……
沒錯，是我抽到下下籤。
衝
濺
滴滴答答
感謝勇敢的（帶著嘔吐味的）超級英雄。
吐霸被擊退了。

我以最快速度飛回公園，幸好，也順便把我身上大部分嘔吐物甩掉了，不過降落的時候，我還是非常緊張。其實並不需要，因為**外公**和艾茴正在笑（還好沒笑到噴出小火球），看起來好像一切順利。艾茴說，大家繼續抗議，而且有消息說，當地報紙會來採訪。噢，還有，學生會的檸檬汽水都被拿光了。大家好像眞的很在乎這個小公園……

接下來艾茴說什麼，我就不確定了，因為有一輛大推土機，轟隆轟隆的蓋過她的聲音。還有，推土機上的皮佛先生生正在大吼大叫。

咻!!!
比結紮
保護
生動物

9

行動吧
（得要使出我的超能力了。
好尷尬。）

皮佛先生開著推土機衝過來。其實，推土機沒辦法開那麼快，所以花了一些時間，有點尷尬。但是到公園門口時，他**氣得臉紅脖子粗**。

臉紅脖子粗的皮佛先生關掉推土機，因為隆隆聲淹沒他的聲音。他居高臨下看著我們說，**我們阻礙城市進步**，要我們別再耍笨，當然需要更多空間來停放更多車子，留這個亂七八糟的小公園幹麼？

他說我們不應該干涉這種大事，應該讓大老闆來處理，因為畢竟他們了解怎樣是最好的，我們應該**閃到一邊去**。

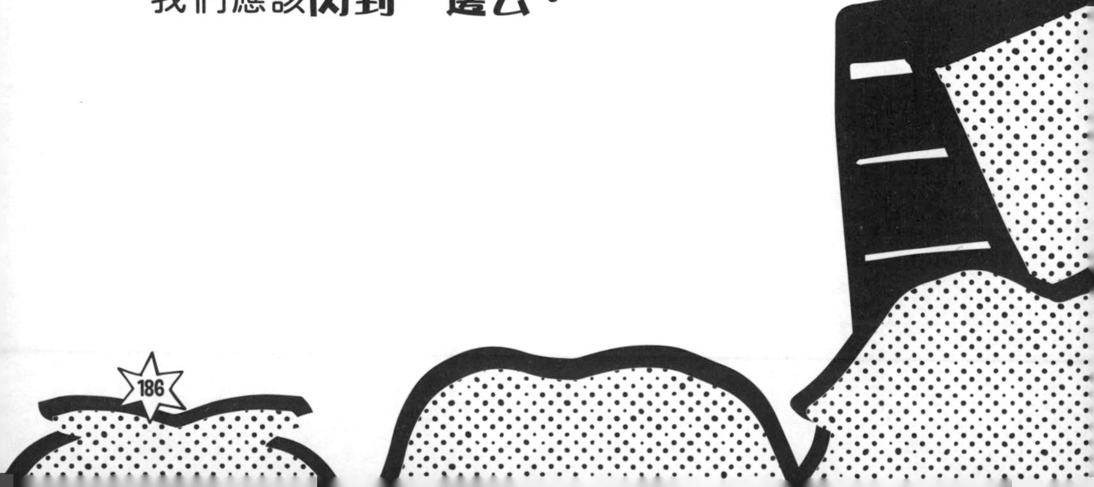

艾茴非常勇敢走向前，她非常有禮貌、完全不吼叫的對皮佛先生說，大家很享受這個小公園，為什麼要把它拿走、拆掉？而且，把公園拆掉、蓋停車場，他和錢滾滾公司是不是會賺很多錢？驚訝的是，皮佛先生青筋暴怒，看起來更生氣了，要不是親眼看到他，我眞不敢相信，有人竟然可以氣到這種程度。如果他是個**超人**，我想這一定是他的**超能力**。

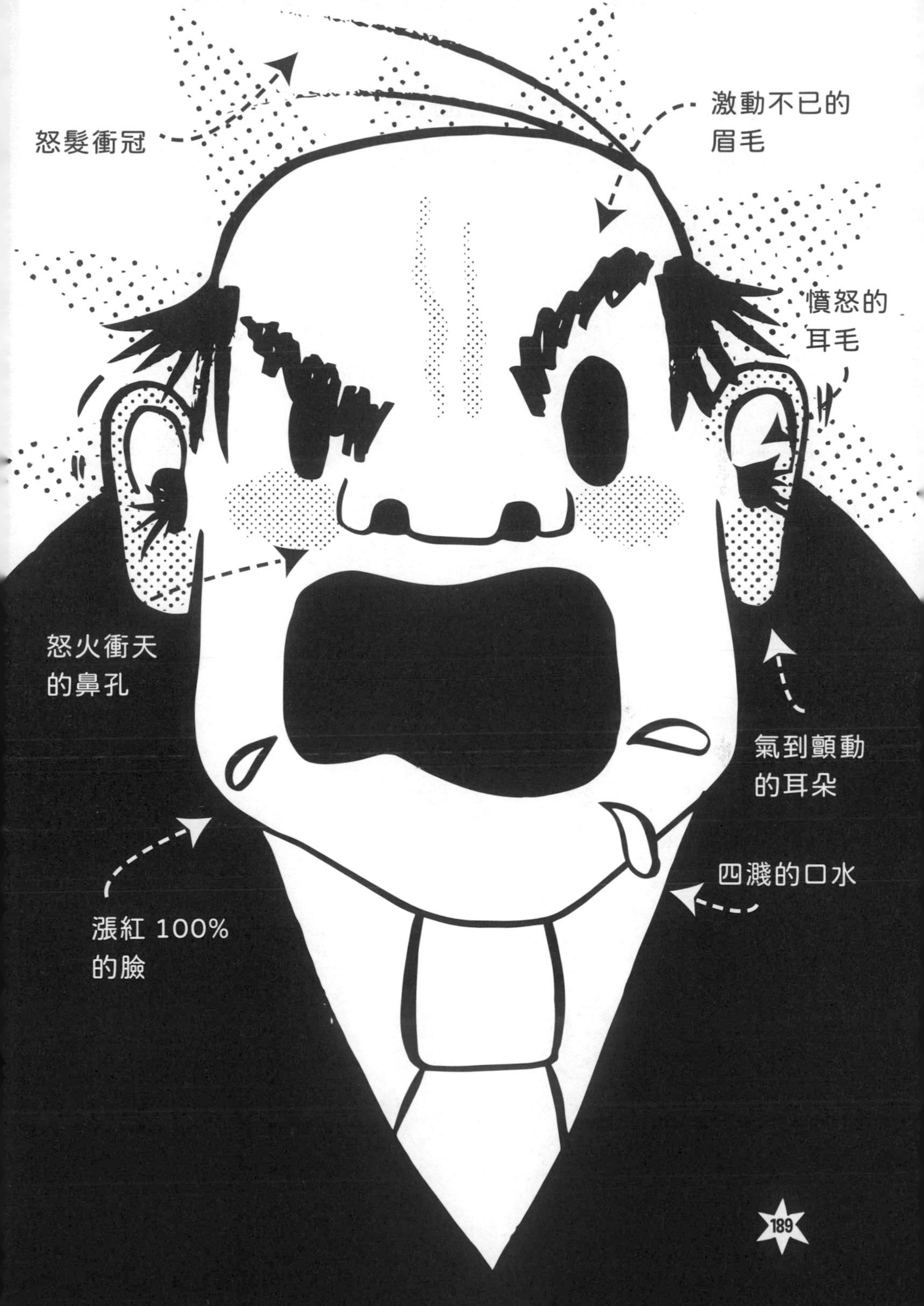
怒髮衝冠
激動不已的
眉毛
憤怒的
耳毛
怒火衝天
的鼻孔
氣到顫動
的耳朵
四濺的口水
漲紅 100%
的臉

皮佛先生又發動他的推土機，對著公園入口開過去。大家抗議，皮佛先生沒有得到許可，所以我很確定的是，世界上所有公事包和文件加起來，也不表示他可以剷平公園。大家有點恐慌，艾茴看起來非常難過。大家都覺得這個小公園很棒，皮佛先生竟然還是要拆除公園。我們必須阻止他，但是，怎麼阻止呢？我看看媽媽，她點點頭、用嘴型表示「去啊！」（可能她真的有說出來，但是推土機太大聲了，所

以我也不確定）。然後我看看**汪達**，她聞聞一朵花、搔搔耳朵，也點點頭。就連**外公**都推我一把。然後，我看看艾茴。之前很多次，我施展超能力，卻把事情搞砸；而且，除了搶救公園，我也很想交到朋友。艾茴看起來好難過，我知道我必須做點什麼，那就是最令我尷尬的事情，一直以來，我都試著避免展現出來的。但是，就在這裡，**在所有學校的人面前**，我必須這麼做。而且我身上還沾了一些嘔吐物……

我必須使出我的**超能力**。

我跑到推土機前面，舉起雙手……然後大叫：
達答
大叫的同時，施展我的超能力——就是……**爵士手**。（舉起雙手、揮動手掌，很尷尬吧！）

一陣亮晶晶的亮片炫風出現在我面前，我用這陣亮片炫風裹住推土機（對，我可以用爵士手來控制亮片炫風——很尷尬吧！），把推土機推回馬路，遠離那座小公園。

皮佛先生怒氣沖沖，在他那輛現在沾滿亮片的推土機上氣得跳腳，而且還對著抗議人群大呼小叫。這時當地報紙記者來了，拍了很多張他在尖叫的照片，這好像讓他更生氣了，然後每個人都開始發出噓聲，瑟琳娜和**校園風雲人物**瞬間消失，皮佛先生看起來非常不安，他發出奇怪的咕噥聲，重重踏步走了，他的推土機還留在馬路中央！

我又用**爵士手**跟**亮片炫風**，小心的把推土機挪到馬路旁邊，這樣大家才能回家。（大家現在都看到我那尷尬的超能力了，所以，唉，**隨便啦**。）

接下來，更驚奇的事情發生了。沒有人回家（呃，幾乎沒有人啦）。每個人都在歡呼，都留在公園裡，**小紅**施展她的超神速技能，做出更多檸檬汽水，而且冰淇淋車也出現了，實在**太** super！

10

結局……是？
（是）
（真的嗎？）

　　後來才知道，原來皮佛先生沒有得到開發許可，不能拆除公園，所以他**麻煩可大了**。瑟琳娜絕口不提這件事，但是她卻一直拿我那尷尬的超能力出來講，不放過任何一次取笑我的機會。

　　但是，你知道嗎？現在我不在乎了，因為我在學校有一個朋友，她真心覺得我的超能力很酷。**我懂！**其實我有三個朋友——艾茴、茉莉、艾德。大家叫我們「環保委員會」。我們固定在公園舉行會議，而且有一次，湯姆和蘇西也來參加。其實我們比較像是去野餐，不

是開會啦，但是兩種都很棒。我看看四周，公園比較沒有那麼亂七八糟了（**外公**現在報名參加義工團，把公園整理得很棒——我猜他真的閒不下來，他就是想拯救地球！）我突然明白，我可能**不想一直都在**拯救地球（有時候真的覺得事情太多），但是每次出任務之後，我都很高興我去做了。一次做一點。到目前為止，我們不需要再抗議，但是**外公**說，如果我們需要，他的車庫隨時都等我們來用。

現在你知道了吧，我的超能力，不是什麼武俠招式，不是雷射眼，不是超音速噴射嘔吐。我的超能力是爵士手，左右揮動手掌會產生亮片炫風，我可以隨心所欲的控制這股炫風，沒錯，**這一切實在太尷尬了**。

★當然是可分解的亮片！

翻白眼

達答

你現在應該知道，**比結絲**和**比爵士手**之間有什麼尷尬的梗了吧！

第一集完

作者介紹

蘇菲．翰恩

是一位屢獲殊榮的作者和插畫家，擁有布萊頓大學插畫碩士學位。她的《超煩少女比結絲》系列、《Bad Nana》、《Pom Pom》、《TED》以及非虛構作品《Lifesize》等作品廣受歡迎。她的首本繪本《Where Bear?》被提名凱特．格林威大獎(Kate Greenaway Medal)，並入圍英國水石童書繪本大獎(Waterstones Children's Book Prize)。

蘇菲．翰恩在2015年和2016年擔任世界圖書日的插畫家(World Book Day Illustrator)。她在英國索塞克斯的工作室裡寫作和繪畫，身旁總是放著大杯茶，覺得自己是非常幸運的人。

故事 ++

超煩少女比結絲 1：誰來拯救我的超人生活！

作　　繪　蘇菲・翰恩（Sophy Henn）
譯　　者　周怡伶
總 編 輯　陳怡璇
副總編輯　胡儀芬
助理編輯　俞思塵
封面設計　斗宅
內頁排版　斗宅
行銷企畫　林芳如
出　　版　小木馬／木馬文化事業股份有限公司
發　　行　遠足文化事業股份有限公司（讀書共和國出版集團）
　　　　　23141 新北市新店區民權路 108-4 號 8 樓
電　　話　02-22181417
Email　servic@bookrep.com.tw
傳　　真　02-86671056
郵撥帳號　19588272 木馬文化事業股份有限公司
客服專線　0800-2210-29
法律顧問　華洋法律事務所　蘇文生律師
印　　製　中原造像股份有限公司
初版一刷　2024（民 113）年 5 月
定　　價　360 元
ISBN　978-626-97967-9-3
　　　978-626-98585-2-1 (EPUB)
　　　978-626-98585-1-4 (PDF)

歡迎團體訂購，另有優惠，請洽業務部（02）22181417 分機 1124、1135

國家圖書館出版品預行編目 (CIP) 資料

超煩少女比結絲 . 1, 誰來拯救我的超人生活！/ 蘇菲 . 翰恩 (Sophy Henn) 作 . 繪；
周怡伶譯 . -- 初版 . -- 新北市：小木馬，木馬文化事業股份有限公司出版：遠足
文化事業股份有限公司發行，民 113.05 208 面；15x21 公分 . --（故事 ++；22)
譯自：Pizazz
ISBN 978-626-97967-9-3(平裝)
873.596　113005514

PIZAZZ: Volume 1 by Sophy Henn

First published in Great Britain in 2020 by Simon & Schuster UK Ltd
1st Floor, 222 Gray's Inn Road, London WC1X 8HB
This edition arranged with Simon & Schuster UK Ltd through Bardon-Chinese Media Agency.